Calme-toi, Werther !

Guy Marchand

Calme-toi, Werther !

roman

Éditions Neige / Ginkgo Éditeur

Isbn : 978-2-84679-232-5
33 boulevard Arago
75013, Paris
www.ginkgo-editeur.fr

Maquette : Élisabeth Voge

Je ne me rappelle plus qui a dit ça :
c'est peut-être Aragon ?
La littérature, c'est un métier d'escroc,
mais il ne faut pas se faire prendre !

À Adelina Khamaganova-Marchand

Chapitre I

En ce vingt-huit avril deux mille, à quatre heures de l'après-midi, le ciel s'était tellement assombri qu'on aurait dit qu'il faisait déjà nuit, comme pendant une éclipse, une panne de l'univers. L'orage se faisait attendre comme une diva. La foule regardait passer tous ces gens célèbres, tous ces artistes à lunettes noires qui se pressaient maladroitement dans ce cimetière comme d'étranges aveugles qui cachent leurs larmes ou leur indifférence. De belles dames en hauts talons trébuchaient sur les vieux pavés du Père-Lachaise; tels des flamants roses en deuil. Toute cette troupe bringuebalante suivait un corbillard de luxe, Cadillac amortie, douce, silencieuse, et qui emmenait une des plus jolies, des plus jeunes et des plus prometteuses actrices du cinéma français, vers le trou béant de l'éternité, pour une place au box-office éternel.

Oh ! il en avait vus d'autres sur ses vieux pavés le Père-Lachaise, lui, le cinq étoiles de la mort, depuis qu'on avait enterré une petite fille de cinq ans en 1804, et que tout ce qui était mort de plus célèbre après l'avait suivie... Elle était morte dans son sommeil, sans aucune raison, la veille ; et le médecin légiste qui avait autopsié ce corps superbe en transpirant comme s'il avait touché le corps de Cléopâtre, n'avait rien trouvé qui eût pu expliquer ce décès ; une autopsie blanche selon le jargon de la profession. Elle était morte comme Ophélie, en pleine jeunesse et en pleine beauté ; elle allait descendre la rivière entourée des larmes d'Hamlet et d'un public avide d'histoires vécues.

Au moment de l'inhumation, le cercle des proches ne comportait que des gens de cinéma : producteurs, metteurs en scène, acteurs, attachés de presse, envoyés spéciaux dont la spécialité était surtout de prendre en photo les larmes des vivants et le sourire des morts. Le cimetière se vida par petits groupes de simples promeneurs dans cette jolie petite ville où les maisons ne sont que les lotissements de la mort. Bientôt tous les journaux et les magazines évoquant le décès de Simone Vitelli se retrouveraient chez les coiffeurs et dans les salles d'attente des dentistes pour quelques mois encore ; puis d'autres stars, d'autres drames les remplaceraient et la star se chiffonnera comme une poupée de papier, figée dans son sourire, au Festival de Cannes de l'année d'avant… avant…

Chapitre II

L'inspecteur Morrigane, Maurice Morrigane, reposa son bol de café, pensif. Cet air hébété et cette démarche égarée ne le quittaient jamais, depuis qu'une fatale passion avait dévasté son passé, lui laissant comme un tatouage ineffaçable. Elle s'appelait Elena, une femme de l'Est, genre Dostoïevski, Tolstoï et compagnie, à consommer avec modération et sans garantie. D'ailleurs, il pensait toujours à cet autre imbécile, quand il passait devant les Invalides, qui avait voulu envahir la Russie en hiver ; comme lui, il n'était pas loin de la retraite, seule issue à ce genre de conneries. Sa vie désormais était dominée par ce visage de madone, dont la douceur cruelle le tuait à petit feu. Il faisait ses enquêtes machinalement, comme s'il empruntait des chemins sans savoir vraiment où aller ; pourtant cette désinvolture était souvent couronnée de succès, car il est évident qu'il est plus simple de trouver les choses, comme par exemple ses lunettes, sans les chercher vraiment. Elena était grande et changeante ; elle pouvait passer pour une Asiatique quand elle laissait ses beaux cheveux noirs tomber sur son dos de déesse brune et pourtant blanche. Mais quand elle sortait de chez le coiffeur, et que ses cheveux ondulaient avec légèreté, elle était une star italienne ou sud-américaine. Au début, il avait eu la suffisance de croire qu'il était le maître du jeu, car elle avait cette simplicité, cette douceur, cette timidité des femmes amoureuses. Mais plus tard, il sut qu'il avait été intoxiqué par cette bouche bien dessinée qui lui faisait chaque fois se demander qui lui avait appris à embrasser comme ça. Maurice caressait son souvenir comme ces croyants qui usent les pieds des statues de la Sainte Vierge dans les églises italiennes.

Maurice Morrigane faisait un mètre soixante-quinze. Ses cheveux s'étaient envolés avec ses illusions, mais son visage rond lui donnait un côté juvénile, tel un vieil enfant, un jeune vieux qui ferait sûrement un mort souriant. Pourtant la mort il la rencontrait souvent, dans tous les faits divers qui encombraient son quotidien. Il avait fait le stage d'acclimatation depuis longtemps, et puis la mort elle s'en fout qu'on soit prêt ou non : elle vient sans prévenir comme quelqu'un qui n'a pas été invité à un repas d'anniversaire. Alors s'il vous plaît, pas de trop longue agonie, un bon dernier soupir, un joli râle comme un dernier reproche au Bon Dieu, comme « Bon, ben d'accord, maintenant qu'est-ce qu'on fait ? »

Maurice se dit qu'il allait pleuvoir, mais que ce n'était tout de même pas une raison pour se suicider aujourd'hui. Il se débarrassa de son pyjama de forçat pour une brève toilette et enfila le costume gris qu'il portait depuis la nuit des temps, et dont les poches aux genoux lui remémoraient le tailleur d'origine anglaise lui confiant un jour qu'un pantalon sur mesure ne devait être repassé qu'une fois l'an, et seulement par son tailleur personnel, le pli du pantalon étant le signe de la confection et du prêt-à-porter, dû à l'empilement desdits pantalons, destinés à la grande consommation et au peuple. Maurice mit son chapeau, qui comme chaque année, rétrécissait un peu plus à la pluie, car il était en lapin et non en castor, comme les chapeaux d'avant-guerre de son père. Aujourd'hui on protège les castors plus que les lapins ou les chapeliers. Il avait l'air d'un rabbin de la rue des Rosiers. Les ultrasons félins et irritants et le miaulement plaintif et autoritaire de son chat Marlowe le firent se lever doucement et douloureusement et remplir le bol qui lui avait servi pour son café, de croquettes au saumon malodorantes. Le petit fauve se jeta dessus en abandonnant son travail de séduction, le résultat désiré ayant été obtenu. Son portable sonna. Il répondit avec lassitude : « Oui, Morrigane… »

Quand le commissaire Blondeau appelait Maurice ou le convoquait 36 quai des Orfèvres, ce dernier ressentait toujours le même malaise, la même inquiétude d'enfant, quand à l'école communale de la rue des Bois, il devait se présenter devant le surveillant général pour une bêtise quelconque. Un sentiment entre la paranoïa et la rébellion. Quand il montait les vieilles marches usées qui menaient au bureau de Blondeau et qui avaient vu passer tout ce qu'il y a de pire dans la nature humaine, il croisait des fonctionnaires au teint blême, qui ne sortaient jamais de ce mausolée administratif, et qui jugeaient le vice et le crime dans des petits bureaux avec vue sur la Seine des deux côtés ; il se demandait comment on pouvait comprendre les drames de l'humanité depuis cet îlot…

« Même si tu ne vas jamais au cinéma, tu connais l'acteur Fred Morange, lui dit Blondeau.

– Non, répondit Maurice.

– Hé bien tu vas le connaître… dans son dernier rôle… Un rôle de mort car on l'a envoyé dans l'au-delà, assez sauvagement je dois dire. Fais-moi plaisir et rends-toi sur le décor avant que ça coagule. C'est à Neuilly, au 101 boulevard du Château, je te préviens, c'est assez barbare… »

Chapitre III

L'inspecteur Morrigane habitait dans le 19e arrondissement, au 35 rue du Pré-Saint-Gervais et n'avait jamais eu de voiture. Il prenait le métro et l'autobus où il avait l'habitude de réfléchir à son travail, à sa future retraite ou même à rien du tout ; comme ces musiciens à l'oreille absolue qui composent n'importe où des requiem sans se soucier de l'environnement.

Il descendit au pont de Neuilly et prit le boulevard du Château qui était assez long. Ça ne le dérangeait pas de marcher un peu, surtout en cette fin avril ; même un pessimiste comme lui ne pouvait être indifférent à tous les lieux communs du printemps : l'air doux avec un brin d'humidité de la Seine toute proche, relents de noyés, bourgeons sur les arbres, hystérie des moineaux parisiens qui ont l'air d'insulter les passants. Il ne voyait pas arriver le 101 boulevard du Château. Quand on remonte une rue, il y a toujours des grands immeubles ou des entreprises qui vous font marcher plus longtemps pour trouver le prochain numéro, c'est agaçant. On était presque à Levallois, le mauvais Neuilly, ça n'aurait pas été une bonne adresse pour un acteur aussi célèbre.

Bientôt il aperçut des voitures de police et une ambulance devant une jolie villa ; c'était forcément le théâtre où cet acteur avait joué sa dernière scène. En traversant le petit jardin en face de la maison, il croisa le médecin légiste qui retirait son dernier gant, délicatement, comme un préservatif ; il leva les yeux au ciel en soupirant, l'air blasé :

« Il y a quand même de grands cinglés dans la nature ! Je vous enverrai mon rapport, mais je n'avais encore jamais vu ce genre de pervers dans le quartier ! »

Maurice montra sa carte au policier qui gardait l'entrée et pénétra à l'intérieur de la maison.

C'était une jolie bâtisse avec une décoration très moderne, il y avait même un juke-box et un piano blanc dans l'entrée. Qu'est-ce qu'on pouvait jouer sur un piano blanc ? Sûrement pas le Clair de Lune de Beethoven ! On le conduisit dans un grand salon où devait s'être déroulé le drame ; et là, il fut assez surpris : la tête de l'acteur était coupée et posée sur une table basse tandis qu'un grand tableau accroché au mur était bariolé de sang, comme si quelqu'un avait eu l'intention de repeindre ce salon dans une couleur plus gaie. Le metteur en scène en avait fait des tonnes, comme disent certains acteurs avec malveillance sur le jeu de leurs camarades. D'ailleurs, les acteurs adorent se faire remarquer même s'ils portent toujours des lunettes noires pour que l'on ne reconnaisse que leur talent... Maurice s'approcha timidement de cet étrange tableau néo-surréaliste qu'on pouvait aussi classer, sans équivoque, dans la catégorie des natures mortes. Il avait lu quelque part que l'idée que l'on pouvait se faire de la peinture abstraite n'était pas ce qu'on comprenait ou ce que l'on voyait, mais ce que l'on ressentait. Il s'était assis devant ce tableau de cauchemar comme un touriste dans un musée, où l'on se demande si le visiteur s'intéresse vraiment à l'œuvre ou s'il s'est simplement assis pour se reposer. Morrigane regrettait un art plus figuratif, comme la décapitation de Saint Denis à Montmartre où là, pas d'enquête à faire, car le coupable est souvent dans le tableau. Maurice demanda qu'on lui réservât l'arme du crime si on la retrouvait, puis il s'échappa de cet enfer, avec désormais l'intention de devenir végétarien.

Quand Maurice ne trouvait pas de piste à flairer ou plutôt de chemin à emprunter et qu'il retombait invariablement sur le sujet de son désenchantement, c'est-à-dire Elena, il sortait de sa poche la seule histoire d'amour valable pour lui *Les Souffrances du jeune Werther* de Goethe, version livre de poche. C'était sa Bible, son Larousse médical en même temps que son livre de cuisine pour affronter la vie, et il se remâchait cet amour impossible dépourvu de toute médiocrité. Tout était beau là-dedans ; en lisant quelques lignes, sa souffrance à lui était dépassée par celle de Werther, même l'horrible tableau qu'il venait de voir lui devenait supportable. Maurice s'arrêta sur un banc et ouvrit son livre à sa page préférée :

« [...] comment un autre peut l'aimer, ose l'aimer quand je l'aime si uniquement, [...] si pleinement ; quand je ne connais rien, ne sais rien, n'ai rien qu'elle ! » En revenant au métro, longeant la Seine sous les moqueries des mêmes moineaux, Maurice pensait que quoi qu'ait pu en dire un philosophe allemand, dans sa lointaine scolarité, qui devait s'appeler Nietzsche, « il n'y a pas de faits mais des interprétations », il s'était quand même passé quelque chose de chaotique dans la vie de ce pauvre acteur. L'interprétation que l'on devait en faire devenait bien le futur problème de Maurice. Ayant eu carte blanche du commissaire pour son enquête, il se mit à réfléchir dans le métro à la manière dont il allait s'y prendre pour remonter la destinée de l'acteur. Maurice ne travaillait jamais à son bureau, il restait chez lui à dialoguer avec son chat, ou il se promenait dans Paris. Son assistante l'informa que Fred Morange avait un agent : David Bedec. Morrigane se dirigea donc tout naturellement en autobus, boulevard Saint-Germain, à l'adresse indiquée. Dans un immeuble ancien, à petite moquette étroite et luxueuse, au cinquième étage sans ascenseur, il arriva essoufflé, devant une porte où une plaque de cuivre étincelante et sans doute régulièrement nettoyée, portait l'inscription « Agence Cinéma Star ». Une sonnette charmeuse répondit à son essoufflement et il entra dans un petit vestibule couvert d'affiches. Il crut y reconnaître la tête coupée de la table basse à Neuilly, mais ici, elle affichait un sourire triomphant. Après avoir présenté sa carte de police, on l'introduisit dans le bureau de l'agent.

« Bonjour Inspecteur ! On m'avait annoncé votre visite, je vous attendais », lui dit un petit homme rondouillard en costume trois pièces très étriqué.

Il y avait sur son bureau une pile de scénarios, plusieurs téléphones, et un cendrier dans lequel reposait un cigare tout mâchouillé et mouillé qui fascina Maurice de façon inexplicable. Le mur était tapissé de photos d'acteurs et d'actrices, et toujours au centre, souriant définitivement, la tête coupée du boulevard du Château. David Bedec se cala confortablement sur le petit coussin pour cul sensible du siège de son bureau avec le demi-sourire et l'intérêt qu'il devait avoir quand on piquait sa curiosité sur un nouveau scénario pour l'un de ses poulains.

« Je suis à votre disposition, Monsieur l'Inspecteur. Morange m'était très cher, je l'estimais beaucoup… »

Sur son bureau, une assiette de saumon et un verre de vin blanc relativisait l'affectation de David Bedec. Comme quoi la mort peut donner de l'appétit, d'ailleurs, il est vrai que l'on mange énormément dans les enterrements, comme s'il fallait profiter de la vie avant que la digestion soit plus difficile…

Maurice savait que lors d'une enquête, toute personne interrogée peut être considérée comme suspecte ; pourtant il avait bien du mal à suspecter son interlocuteur, qui après ce drame ne pouvait espérer que dix pour cent des cendres de son acteur.

– Connaissez-vous des gens qui auraient pu en vouloir suffisamment à Fred Morange pour lui infliger ça ? Pour vous la faire courte, lui connaissez-vous des ennemis ?

– Vous savez, répondit l'agent, on peut se faire détester par trois catégories de personnes : celles qui font le contraire, celles qui font la même chose, et la plus grande partie, celles qui ne font rien. Et ça concerne tout le show-business.

Maurice continua :

– Il paraît que depuis la disparition de Simone Vitelli, il y a deux ans, dont il était assez épris, il sombrait dans une dépression qui menaçait sa carrière.

L'agent rétorqua :

– On a même craint qu'il fasse une tentative de suicide, il semblait désespéré...

Maurice acceptait l'idée qu'on pouvait perdre la tête pour une jolie femme, mais de là à se la couper soi-même, même un bon cascadeur aurait des difficultés à le faire.

– Dans le dernier film qu'il avait tourné avec François Farrel, continua l'agent, il avait été difficile à gérer, colérique, distrait, toujours en retard. Il en était presque venu aux mains avec le metteur en scène. Mais dans notre métier, on s'embrasse à la fin du film, même si le scénario se termine mal.

– Où puis-je rencontrer ce François Farrel, lui demanda Maurice.

L'agent, qui n'avait pas l'air mécontent que l'inspecteur aille déranger le metteur en scène, sans doute à cause d'un ancien grief, comme un cachet trop discuté ou seulement par réflexe malveillant, lui dit sans hésiter :

– Vous le trouverez dans les studios d'Épinay, car il vient de commencer un film sur la vie de Manet entièrement tourné en studio.

Il avait dit cela avec un haussement sceptique de sourcils, pas du tout convaincu de l'opportunité de ce film dans le contexte général du cinéma français. Il lui griffonna l'adresse des studios, puis reprit son déjeuner, en engouffrant une énorme tranche de saumon préalablement arrosée d'une lampée de vin blanc. Cette simple vision fit gargouiller d'envie l'estomac de Maurice qui n'avait toujours pas déjeuné.

Chapitre IV

Les studios d'Épinay étaient gris et tristes, mais légendaires, juste à côté d'Enghien, une banlieue populaire, limitrophe d'une municipalité résidentielle au bord d'un lac qui attirait au casino des *middle class* et même des moins *middle* qui venaient se la jouer et déposer leur argent sur les tapis verts. C'était moins loin que Deauville et Monaco et le bar était moins cher.

Il entra timidement dans le bâtiment abritant les studios de tournage, ce temple de l'image où beaucoup d'acteurs du cinéma français avaient mangé à la cantine. Les studios de cinéma rendent toujours timides les visiteurs ; on a l'impression de venir du réel et d'entrer dans l'univers du factice, mais surtout on a le sentiment qu'on dérange et qu'on va se faire engueuler. Maurice, qui s'était glissé par une petite porte, juste à côté d'une bien plus grande, mais cadenassée celle-là, n'avait pas vu s'allumer la lampe rouge qui commandait impérativement le silence à tout le département. Il était dans un petit couloir qui ressemblait à des coulisses de théâtre quand il entendit :

– Coupez !

Une voix stridente : « Quel est le con qui marche derrière le décor ? Est-ce qu'on va pouvoir travailler dans tout ce bordel ? »

Maurice sortit timidement, ébloui par un soleil de *sunlight* qui lui permettait seulement de distinguer des ombres qui marchaient vaguement devant lui. Enfin, après quelques secondes, il commença à discerner, petit à petit l'équipe du tournage, ainsi que deux acteurs habillés comme au siècle dernier.

– Qu'est-ce que vous foutez là ? lui cracha un petit homme maigre en cardigan, foulard de soie et lunettes rondes qui semblait être le directeur de cet univers.

– Je voudrais parler à François Farrel, je suis l'inspecteur Morrigane.

Toutes ces questions qu'il commençait à trouver stéréotypées lui donnaient l'impression devant ces caméras et dans cette lumière, d'entamer une carrière de comédien médiocre dans un très mauvais film, d'autant plus que le Farrel en question, peut-être pour soulager les yeux de Maurice gueula « Coupez ! » Tout reprit un cours normal autour de Maurice. Il put enfin voir le studio immense avec des décors en une seule dimension d'une rue de la fin du XIXe siècle. Des décors magnifiques posés sur de faux portiques, d'un seul côté, carton et balsa. Toute l'équipe le regardait avec des yeux ronds, des yeux de chouettes habitués à la nuit ou à la grande lumière. Leur expression était teintée de mépris et de pitié comme s'il n'était pour eux qu'un représentant de l'extérieur, un pauvre humain pour qui l'on fait des films afin qu'il puisse supporter sa condition, sa vie misérable, son ennui et son petit salaire. Le petit metteur en scène l'invita à s'asseoir sur une chaise en toile dont le dossier portait un nom ; non, ça ne pouvait pas être déjà le sien !

– Quel drame ! Quelle perte pour nous ! Quelle horreur !

En quelques mots Maurice put deviner que le réalisateur n'en avait rien à cirer que Morange soit chez le grand producteur d'azur.

– Vous aviez des projets avec lui ? demanda Maurice.

– Ben oui, le film que je tourne en ce moment, sur la vie du peintre Manet, répondit le petit metteur en scène.

Maurice dut faire un effort pour se souvenir que le film était une biographie de Manet, et que Morange n'était pas engagé pour repeindre le décor mais comme rôle principal.

– On a dû retoucher les costumes au dernier moment pour l'acteur qui va le remplacer. Sa loge aussi était prête, avec toutes les exigences que son agent David Bedec nous avait imposées ! Ceci dit avec une légère grimace haineuse. Pouvez voir sa loge si vous voulez… il reste quelques objets personnels, ça peut vous intéresser.

Son assistant, qui avait l'air de vouloir l'imiter, se mit à gueuler de la même voix stridente : « Déjeuner ! » Tout le monde évacua cette grotte d'illusions vers des choses plus concrètes… Par des couloirs vétustes, Maurice et le metteur en scène arrivèrent à une loge où l'on devinait que l'on avait recollé un autre nom sur la porte. La loge était presque luxueuse, on avait fait un effort pour le confort avec un beau divan Art déco, des fleurs, une télé, une table de maquillage. La star pouvait se faire maquiller dans sa propre loge. Plus facile pour coller la moumoute des vieux acteurs, leur mettre du bouchon sur la tonsure ou seulement éviter les ragots de concierge de la salle de maquillage, rapport à la concentration... On attend énormément au cinéma, on passe son temps à attendre et tout à coup, un assistant affolé, humilié par un metteur en scène hystérique emmène un acteur à moitié endormi sur un plateau en pleine effervescence où il doit à la minute balancer des larmes, des émotions et des sentiments à la demande. « Chapeau, se dit Maurice, c'est pour ça qu'on les paye si cher et qu'ils font des dépressions. »

Maurice fut tout de suite attiré par une photo sur la table de maquillage, un visage de femme, radieux, lumineux, un visage dont le regard le transperça, une impression qu'il n'avait pas ressentie depuis très longtemps, comme un réconfort… quelque chose de rassurant, quelque chose… Merde, qu'est-ce qui me prend ? se dit Maurice. Il demanda :

– Qui est-ce ?

La voix soudain étranglée de Farrel lui répondit :

– C'est Simone Vitelli ! Vous ne la connaissez pas ? C'est une grande actrice… Elle aurait été une des plus grandes si elle n'était pas partie en nous laissant tous meurtris pour le restant de nos jours.

Il avait dit ça avec un air de sincérité et de vraie émotion qui le fit tout de suite remonter dans l'estime de Maurice, en même temps que dans la liste des suspects. Maurice demanda :

– Ses liens affectifs avec Morange étaient très forts n'est-ce pas ?

– Oui, répondit Farrel. La générosité et la bonté de Simone lui enlevaient sa lucidité sur le petit play-boy inculte et immature qu'était Morange… Elle le portait à bout de bras, il s'est écroulé dès sa disparition.

Le metteur en scène, au bord des larmes dû sortir dans le couloir pour se calmer. Maurice le suivit et en refermant la porte de la loge, il en profita pour subtiliser la photo sur la table de maquillage.

Il regarda partir avec envie le metteur en scène et toute son équipe vers la cantine. Personne ne l'invita parce qu'il venait du réel. Il était transparent, d'ailleurs toute l'équipe faillit le bousculer et le traverser comme le passe-muraille. Il n'existait pas dans le pays du rêve et de la fiction.

Chapitre V

Dans le RER où l'image de la beauté et de la pureté est toute relative, il se disait qu'il connaissait ce profil, qu'il avait vu ce visage quelque part dans sa vie… Bousculé par l'humanité à la descente du wagon, somnambule dans la foule, il se sentait presque bien avec cette photo sur le cœur. Il s'aperçut qu'il était descendu à la mauvaise station ; tant pis il marcherait un peu sous la pluie, accompagné qu'il était par cette vision.

Comme tous les soirs il se dit qu'il arriverait vers sept heures à la terrasse de la Comète, le petit café de la place des Fêtes où ses amis devaient être. Il y avait un notaire de la rue de

Belleville, Robert Fressinet, cynique, drôle et dépressif, il avait cinquante ans, en faisait soixante car il donnait dans le Picon bière en épicurien raffiné qu'il était, aussi sceptique que Maurice sur la nature humaine. Il y avait un jeune toubib juif, Alain Schermann, voulant sauver l'humanité de la peste, de la lèpre ou de la grippe d'automne ; tout frais installé dans ce quartier et encore pénétré du sacerdoce de son métier, comme un prêtre ouvrier. Ils avaient de grandes discussions, pleines de fausses disputes que Maurice appréciait beaucoup en leur compagnie, car leur sujet principal, c'était plutôt la légèreté, la rigolade à propos de tout. Il ne leur parlait jamais de ses enquêtes, mais ses amis devinaient à son appétit changeant par rapport à la cuisine de la grosse Fernande, la patronne, s'il nageait dans le meurtre ou la petite délinquance. Chacun respectait le mystère de son activité propre : Alain, les cystites des dames du quartier, Robert, les héritages sordides que se disputaient des pauvres à des misérables. Fressinet était plutôt raciste, anar de droite, ce qui le faisait mépriser les gens du quartier, la France et en gros toute l'humanité entière. Mais comme tous les antisémites, il avait son bon Juif et c'était Alain

Schermann, qui lui, avait encore toutes ses illusions intactes malgré la fréquentation de ces deux mauvais personnages toujours en train de lui dire « Comment tu peux croire à ces trucs-là... ! » Alain disait : « Je suis croyant, car si Dieu n'existe pas, mon métier de médecin est absurde ; si les corps n'ont pas une chance de transcendance, je suis comme le boucher de la rue des Solitaires, je ne soigne que des biftecks ; croyant et socialiste, s'il vous plaît ! J'aurais bien voulu être communiste, partager tout car c'est un programme généreux, mais étant juif moi-même, je suis tombé un jour sur un texte de Marx sur la question juive, qui date je crois de 1848, et j'ai eu l'impression que c'était la préface de *Mein Kampf*... » Et tout le monde se mettait à rire en se foutant de Marx, d'Hitler, des socialistes et de la nouvelle robe de Fernande.

À cette petite terrasse de la Comète, Maurice passait le seul moment agréable de sa journée et de sa nuit car il ne dormait pas beaucoup. Le défilé des morts au petit matin au bord du périphérique, les noyés de la morgue derrière la gare de Lyon, les petites filles violées dans la ZUP de Montreuil, et tous les cons qui lui criaient aux oreilles « Mais que fait la police ? » Il longea les douches municipales de la place des Fêtes où, enfant, puis adolescent, il allait passer un moment agréable chaque samedi, pour se débarrasser de son odeur de pauvre et préparer une soirée d'espoir, de rencontres, d'idéal et de plaisir. Cette bâtisse stalinienne qui date du Front Populaire, c'était comme la cathédrale d'un petit bonheur pour le week-end. Le peuple venait se laver et ça résonnait des voix des types qui chantaient sous la douche et des savons qui roulaient joyeusement sur le carrelage. Quelquefois les voix d'homme et les rires s'arrêtaient car on entendait une voix plus douce, une voix de femme, qui se mettait à s'élever comme un cantique, et une vague d'érotisme, d'optimisme, d'espérance de bonheur, de ciel propre et clair, comme les corps qu'on venait de laver se mettait à flotter dans la vapeur. Ça aurait dû être ça le communisme.

Ce soir-là Robert et Alain respectèrent le silence de Maurice, devinant qu'il avait encore rencontré la réalité, le sordide visage d'un fait divers contre lequel, malgré tout son métier, il ne pouvait pas toujours se défendre.

Ils commencèrent une partie de belote avec seulement quelques gloussements ricanants sur la dernière mini-jupe de Fernande tellement serrée sur ses grosses jambes qu'on aurait dit deux hot-dogs dépassant d'un cornet de frites. Au bout d'un long moment de silence Maurice murmura en regardant ses cartes où la reine de cœur avait vraiment une sale gueule : « La mort me fatigue, c'est une garce, toujours là pour nous empêcher de vivre peinard… » Il était au bord des larmes… Ses amis restèrent silencieux. Elle avait vraiment une trop sale gueule la reine de cœur… Il se leva et rentra chez lui…

En traversant la place des Fêtes, les poteaux du marché démontables étaient encore là, et en passant sur la grille du métro, un des endroits les plus hauts de Paris, le souffle chaud du gouffre, ce souffle léger, voluptueux et doux que recevaient les femmes sous leurs jupes quand elles passaient sur la grille, il se dit : Pourquoi continuer à vivre dans cette laideur et ne pas plonger dans ce puits sombre où le bruit du métro faisait trembler le béton au plus profond, comme un appel de néant…

Maurice reprit la rue du Pré-Saint-Gervais en observant les nouvelles tours qui avaient écrasé les petits immeubles de son enfance sur la rue des Lilas. Tu parles de lilas ! Puis il rentra chez lui en passant dans la cour où ça sentait déjà le mironton des couples heureux. Le chat se frotta à ses jambes. Lui aussi savait que c'était une mauvaise journée. Maurice lui donna à manger la tranche de jambon qu'il s'était destinée en se disant qu'aujourd'hui il aurait fait au moins un heureux ; bien sûr, c'est indécent de donner une tranche de jambon à un chat alors que la moitié du monde crève de faim ! Mais qu'est-ce qu'il en sait lui le chat ? Qu'est-ce qu'il en est responsable, lui le chat, de la misère du monde ! Comment envoyer cette tranche de jambon en Afrique ? Par la poste ? Elle n'arriverait pas fraîche… Il vaut mieux que le chat s'en régale, que le cochon, animal sacré soit sacrifié pour son chat, comme le Christ pour les hommes. Après cette réflexion d'une grande portée philosophique, il commença sa nuit et ses rêves les yeux ouverts, jusqu'à la délivrance du matin.

Vers sept heures, Maurice se leva et se rasa machinalement. Le bruit régulier de son vieux rasoir électrique avait tendance à l'endormir, ce qu'il n'avait pas réussi à faire depuis la veille. Il se regardait fixement dans la glace en se demandant pourquoi sa mère l'avait sorti de ses jambes pour l'engager dans ce film où il ne comprenait rien. Il pensa à la photo de l'actrice et en se lavant les dents misérablement, la tête penchée déglutissant de dentifrice, Maurice la regarda et fut surpris de ressentir le même soulagement magique que la beauté des femmes procure aux vieux solitaires qui ne les touchent plus vraiment, mais les regardent avec nostalgie, comme des tableaux religieux d'un peintre ou d'un fabriquant de saintes Vierges. Mais où avait-il déjà vu ce visage, lui qui n'allait jamais au cinéma, ne regardait pas la télévision et ne lisait pratiquement plus les journaux.

Il eut une idée et se mit à vider sur son bureau un verre rempli de petite monnaie. Petites pièces roses et jaunes qui embarrassent les poches, qu'on n'a jamais pour faire l'appoint, et qui augmentent le contenu des verres où elles s'empilent. Il tomba sur une pièce italienne de quelques centimes, et là, il découvrit le même visage de l'actrice, la tête légèrement inclinée, doucement, tendrement gravée sur la pièce qui donnait à ces quelques centimes une valeur et une noblesse étrange. Maurice s'habilla brusquement, sortit de sa maison et se mit à attendre dans un petit café de la place Jourdain l'ouverture de la bibliothèque municipale derrière l'église de Belleville, qui ouvrait à huit heures trente, en même temps que l'école. Il demanda à consulter quelques livres sur la peinture italienne, de la période Renaissance. Il fallait absolument qu'il s'achète un ordinateur ! Maurice fébrilement tourna quelques pages, et tomba sur le visage radieux de l'actrice. Il sut bientôt qu'elle s'appelait Simonetta Vespucci et que c'était le modèle préféré d'un certain Botticelli. On aurait dit des sœurs jumelles ; la petite actrice française Simone Vitelli et la petite princesse florentine étaient identiques, et quand on regardait l'une ou l'autre on ressentait la même émotion qui vous faisait entrer en religion. Mais quelle religion pouvait encore convertir l'âme sceptique et blessée de Maurice, à part celle de la Beauté.

Il avait emprunté quelques ouvrages sur Simonetta Vespucci et sut bientôt qu'elle avait inspiré des pointures de la peinture comme

Léonard de Vinci et bien d'autres ritals qui ne peignaient pas seulement les murs mais aussi les plafonds des églises…

Chapitre VI

Petit Tonneau, c'est comme ça qu'on l'appelait Sandro Botticelli. Il était là, à guetter juste en face de la belle maison des Médicis celle qui allait sortir ; son rêve, son fantasme, son obsession, sa hantise. Du jour où Giorgio Antonio Vespucci lui avait fait rencontrer chez les Médicis cette jeune fille de dix-sept ans, il savait qu'elle serait déjà présente et radieuse dans presque toute son œuvre, sa future névrose artistique. Il la suivait dans cette rue bruyante où se mélangeaient les odeurs pestilentielles des tanneries et les lourds et capiteux parfums des belles dames, relevant leur robes du haut du pavé pour qu'elles ne traînent pas dans les immondices. Mais Sandro ne pouvait pas la perdre de vue, car les pieds de l'adolescente ne touchaient pas le sol, et avec la vivacité et la gaieté des jeunes filles de son âge, elle ne marchait pas, elle volait, dépassant de sa légèreté le troupeau immonde qui s'écartait devant elle, comme la saluant, brûlé par sa beauté, frôlé par sa douceur, comme sauvé de la laideur. Florence la célébrait déjà, et Sandro Botticelli se disait que ses futurs chefs-d'œuvre étaient déjà réalisés, il n'avait plus qu'à les peindre !

Quel pouvait être le rapport entre la mort de Simonetta le 26 avril 1476 et celle de Simone le 26 avril 2000 ? Maurice était déconcerté par cette coïncidence, et inconsciemment prenait une piste inconnue dans un monde qui lui était étranger, habitué qu'il était à la fange des bas quartiers comme théâtre de sa vie. Là, il allait cheminer avec son vieux costume et ses chemises douteuses dans l'univers de la beauté. Le visage d'Elena son ancien amour, cette beauté slave qui le surprenait chaque fois au coin d'une rue ou d'une nuit, réveilla cette angoisse cruelle et tendre qui allait le miner quelques heures et puis disparaîtrait pour ne laisser que des acidités stomacales. Comme si l'amour le plus noble et le plus pur ne se manifestait que de façon chimique.

Il ressortit son petit livre de poche qui ne le quittait jamais, comme *Le Petit Livre rouge* des maoïstes du quartier Latin, pour en sortir une phrase qui lui ferait l'effet des tisanes de tilleul de sa grand-mère quand il avait de la fièvre : « [J]'ai senti ce cœur, cette grande âme, en présence de laquelle je me figurais être plus que je n'étais parce que j'étais tout ce que je pouvais être. » Ça va déjà mieux ! se dit-il.

Ce soir-là au café de la Comète, personne n'avait vraiment envie de blaguer car Alain avait diagnostiqué une petite grosseur au sein de Fernande et l'avait envoyée faire un examen. On était inquiet sans plus sur son état. Personne ne plaisantait sur ses grosses jambes et ses mini-jupes. On était un peu orphelins ce soir-là.

– Pourquoi les femmes sont-elles si essentielles et si mystérieuses, dit Alain avec son petit air candide…

– Parce qu'on sort de leurs jambes et qu'on a toujours envie d'y retourner, répondit Maurice. On leur a tiré les cheveux pendant la préhistoire pour les traîner dans nos grottes, on les a brûlées au Moyen Âge en les traitant de sorcières, violées, battues, humiliées, bousculées et lapidées tout au long des siècles ; couvertes d'opprobre, de burkas, pour se les garder dans nos bras et nos harems, à les étouffer ; on les a tondues à la Libération, on les a massacrées en Afrique à la machette, et maintenant quand elles vous trompent parce qu'on a perdu son charme, on les traite de garces, on est vraiment des sales cons !

Personne ne trouva d'argument pour répondre à cette analyse. Même le cynisme de Robert ne lui servait à rien devant cette vérité. Maurice poursuivit :

– Oh moi je vais les aimer, je vais aimer celle qui m'a quitté jusqu'à la mort et regarder ses sœurs passer dans la rue en attendant l'infirmière qui me fermera les yeux. À part ça je ne vois pas ce qu'on peut faire d'intéressant sur Terre.

Robert et Alain vérifièrent ce que Maurice avait bu et furent surpris qu'il n'ait même pas encore fini son pastis.

Maurice se demandait en rentrant chez lui s'il n'y avait pas derrière tout cela qu'une histoire passionnelle. La passion écrit des romans qui finissent toujours mal. L'amour, la mort, la trahison, l'opéra de la vie c'est du rock'n'roll. D'ailleurs l'opéra, c'est plutôt fait pour être chanté par des peintres en bâtiment sur des échafaudages, des maçons sur des toits, plutôt que destiné à des amateurs éclairés avec partitions sur les genoux, qui se sont permis de siffler la Callas à la Scala quand elle débutait, les cons ! C'est comme les chansons de Dalida, ça s'adresse à la barbaque, c'est pur porc, cent pour cent coton, c'est pour les primates capables de mourir d'amour pour une bonniche, de l'adorer ou de la tuer. Ah ! C'est pas du boulevard, ça Madame ! On souffre, on peut en mourir... Fred Morange était fou d'amour pour Simone Vitelli et deux ans plus tard, le même jour, il mourait sur une musique d'opéra dans une tragique mise en scène, un 26 avril. Merde, encore un 26 avril ! Mais il joue à quoi le destin, là ?

Julien et son frère Laurent de Médicis étaient agenouillés devant l'autel de la cathédrale Santa Maria del Fiore, un 26 avril 1478, jour de Pâques, sereins et conscients d'être les maîtres de ce joyau de la Toscane, Florence, l'âme de la Renaissance, vibrante de beauté, de fêtes, d'intrigues. Leurs vies, légères et dangereuses, leur faisaient sortir leur épée, ou offrir des fleurs, avec le même sourire de la jeunesse et la même arrogance. Il Magnifico Lorenzo, et Julien le beau Florentin au nez aquilin qui ne se doutait pas que ce jour-là, il allait être transpercé de dix-neuf coups de dague, à la naissance du printemps : deux ans exactement après la mort de son grand amour Simonetta Vespucci. C'était déjà le tableau de Botticelli, San Sebastian percé de flèches : beau, élégant, triste, la tête bizarrement penchée comme s'il pensait déjà qu'il allait rejoindre son grand amour. Tout à coup des cliquetis d'armes, des bruits furtifs, des murmures de spadassins troublèrent l'espace parfumé de la cathédrale. Dans la pénombre sacrée, éclairée seulement d'un étroit rayon de lumière par l'orifice de l'immense coupole, les Pazzi couraient comme des rats. Ils se précipitèrent sur les deux frères à peine relevés, ils percèrent sauvagement Julien de leurs dagues et une odeur de meurtre se mélangea avec l'encens au milieu des fresques du Jugement Dernier. Laurent réussit à s'enfermer dans la sacristie et attendre des secours, tandis que son frère agonisait sur les belles dalles de la cathédrale dans son pourpoint de velours rouge.

Chapitre VII

Maurice au bout de ses insomnies, dans ses rares moments de somnolence, quand il pouvait rendre le souvenir du visage de la petite slave un peu plus trouble et plus lointain, commençait à avancer timidement, presque respectueusement dans les ruelles de cette histoire qui semblait tourner autour du printemps, de la beauté, de l'art et de la mort. Il se mit à feuilleter avec fébrilité les livres de la bibliothèque de la place Jourdain…

Il contemplait la reproduction du tableau de Botticelli *La Naissance de Vénus*. La femme, quelle merveille… Elle peut vous faire mal seulement en vous regardant. Maurice le savait lui qui n'arrivait jamais à effacer le souvenir de sa brune, et celle-là aussi était cruelle sur ce tableau : à poil avec ses longs cheveux de l'Oréal mi-blonds, mi-roux, sortant de sa coquille Saint-Jacques, fruit de mer aux vertus aphrodisiaques comme chacun le sait, sa main cachant un sein qu'on pouvait deviner puisqu'on voyait l'autre, et quelques invités en lévitation qui célébraient sa beauté. D'abord la mort de Simonetta Vespucci le 26 avril 1476, puis la mort de Julien de Médicis, deux ans plus tard, le 26 avril 1478, assassiné ; cinq siècles plus tard, le 26 avril 2000, la mort de Simone Vitelli, et enfin la mort de l'acteur Fred Morange un 26 avril, deux ans après, ça vous fait vous méfier du printemps, ça. L'amour, la passion, la mort, le printemps, comme le champ de coquelicots dans la chanson de Mouloudji.

Il se rappela soudain l'émotion du metteur en scène François Farrel à la vue de la photo de Simone Vitelli qui traînait dans la loge. Au téléphone son assistant lui dit que le metteur en scène avait commencé une synchronisation du film aux studios de Bry-sur-Marne. Il s'y rendit en RER et puis à pieds. À l'entrée, un gardien lui demanda la raison de sa visite ; comme ce dernier n'était pas très aimable, il montra sa carte en lui disant :

– Je viens voir si le metteur en scène François Farrel n'aurait pas assassiné l'acteur Fred Morange…

En laissant le gardien ahuri, il entra dans cet ensemble, un des plus grands studios en Europe, mais à moitié désaffecté, qui ressemblait à une ancienne caserne ou une entreprise de transport qui aurait fait faillite. Il se dirigea vers le studio de synchronisation qu'un balayeur qui faisait une pose permanente lui avait indiqué. Dans les couloirs Maurice distinguait par les portes entrouvertes des bureaux désaffectés remplis de chaises, de tiroirs et de classeurs qui ne classaient plus rien, comme des garde-meubles kafkaïens. C'était triste et désert. Quelquefois sortait d'une porte une secrétaire qui tenait une note de service dont l'importance ne semblait pas justifier sa démarche affairée. Le studio 21 était au fond d'un couloir tout tapissé d'affiches, films de légendes ou navets télégéniques ; tout au bout, il y avait quelques acteurs, qui attendaient sagement de mettre des paroles d'aujourd'hui sur des images d'hier. À tour de rôle ils se levaient pour redire les mêmes mots qu'au tournage, souffler rire crier dans un petit espace, ce qu'ils avaient prononcé au bord de la mer ou à la montagne. Merveilleux menteurs que ces acteurs ! Mensonges sincères… Ils commençaient à lui plaire, les acteurs ! Parce qu'après tout c'était des désennuyeurs au milieu d'un monde d'emmerdeurs. François Farrel le fit entrer dans la salle de doublage en lui disant :

– Je vous attendais et j'étais très déçu de ne pas être le suspect n°1. Je vais vous faire une confidence. Je ne pouvais pas le voir Fred Morange. La façon possessive dont il se comportait envers la petite Simone m'a donné souvent l'envie de lui foutre ma main dans la figure.

– Vous êtes peut-être trop sincère pour ne pas être coupable, lui répondit Maurice. Il s'assit et regarda avec curiosité le travail des acteurs. Les petites subtilités d'interprétation qu'on pouvait exagérer ou diminuer, on aurait dit des enfants qui jouaient dans le grenier de grand-mère par temps de pluie. François Farrel les faisait recommencer comme un instituteur pointilleux pour des nuances infimes. Si l'acteur était le maître du temps au moment du tournage, le temps redevenait le maître au moment du doublage, car il devait dire le texte impérativement quand la barre fatidique passait sur le mot en bas de l'écran. Pas facile de jouer la comédie, pensa Maurice, normal qu'on les décore même si ça peut défriser les militaires qui défendent la nation, les acteurs, eux, la défendent contre l'ennui…

Il ressortit dans l'immense cour des studios de Bry-sur-Marne, qu'il traversa pensif, et de plus en plus sceptique ; il ne voyait pas Farrel s'acharner sur l'acteur de cette façon, même s'il n'était pas satisfait de son jeu. En passant devant la barrière de l'entrée, le gardien lui demanda « Alors c'est lui ? » « Je sais pas, il faut que je revois le film… », lui répondit Maurice. Dans l'autobus il appela le légiste :

– Combien de coups de couteau a subi notre acteur ? »

Le légiste lui répondit :

– Dix-neuf, en ajoutant, i'pouvait pas le rater, c'était devenu comme un tic, et après on lui a coupé la tête.

Maurice se rappela les dix-neuf coups de dague qui emmenèrent Julien de Médicis retrouver Simonetta Vespucci en 1478 et en marchant vers le métro il devenait de plus en plus perplexe…

Tiens, même au printemps les moineaux ne chantent pas, à la porte de Vincennes ; ça doit être le bruit du périphérique qui n'incite que rarement à des manifestations artistiques. Sale ville, se dit Maurice tout en respirant une bonne bouffée d'hydrocarbures comme un ancien fumeur. Il était déjà six heures et le métro serpenta, en traversant les stations de faïence pour l'emmener songeur jusqu'à Belleville, il changea pour arriver à la place des Fêtes. Là, l'escalator le plus haut de Paris le monta sur la place où les poteaux du marché n'étaient toujours pas démontés.

À la Comète, Robert et Alain avaient l'air contents de le voir. On attendait les résultats de Fernande sans trop s'inquiéter. Elle portait une mini-jupe en cuir noir qui la faisait ressembler à la copine d'un « hell's angel » des années cinquante. Le fait que Fernande semblait moins angoissée donnait un petit air de gaieté à la terrasse car ils avaient tous les trois des solitudes qui faisaient que Fernande les rassurait. Maurice avec sa blessure d'ancien combattant de l'amour, Robert avec ses rencontres de clientes dépressives qui pouvaient donner lieu à des contacts dérisoires et alimenter sa misère sexuelle et Alain, toujours en quête du grand amour et ne trouvant pas de lépreux à soigner. Fernande était là, c'était une femme, c'était le principal, la maman, l'infirmière, celle qui comprend, qui caresse, qui sert le café et le pastis. Celle qui comme elle vit plus longtemps que les hommes sera là pour leur fermer les yeux. Robert dit :

– Vous avez vu Angelina Jolie dans son dernier film ? Quelle bouche, quelle chute de reins, c'est pas croyable... Et dire que c'est réel ce genre de créature, que quelque part elle vit... Avec le décalage horaire elle doit dormir, vous voyez ça quand ça dort !

Il n'en revenait pas d'être son contemporain et qu'elle vive sur la même planète, en même temps que lui ; qu'elle respirait, Angelina merde !

Maurice sortit de sa poche la reproduction de Botticelli, *La Naissance de Vénus*.

– Et cette quinerou, qu'est-ce que vous en pensez Messieurs ?

Robert s'exclama :

– Quel canon ! Qu'est-ce qu'elle fout dans cette huître ? Elle mérite mieux.

Alain : – C'est la Sainte Vierge !

Maurice répondit :

– Sainte, c'est sûr. La beauté transcende tout, comme le soleil. Vierge pas sûr, car l'art est à tout le monde comme le cul d'Arletty. Regardez ça aussi… Et il sortit la photo de Simone Vitelli…

– Mais c'est sa sœur ! s'exclamèrent les deux autres.

– Oui, ça doit être sa sœur maintenant, parce que dans l'éternité les liens de parenté en ont rien à foutre des époques et des siècles.

Quand ils ne comprenaient pas les élucubrations poétiques de Maurice, Robert et Alain reprenaient leurs cartes machinalement, avec un air compatissant et tout partait en pertes et profits.

Chapitre VIII

Cette nuit-là Maurice crut entendre le souffle d'une femme à côté de lui, le souffle aimé, un zéphyr qui entre par une fenêtre entrouverte, il tendit son bras pour mesurer le vide de sa vie. Faute de dormir il se mit à tourner les pages du gros bouquin prêté par la bibliothèque de la place Jourdain, et là, il tomba sur *Le Printemps*, de Botticelli. Il se rappela n'avoir bu que deux pastis à la Comète et encore, Fernande qui lui trouvait mauvaise mine les avait noyés ignominieusement ; il voyait six Simonetta : le personnage central en robe légère et toge rouge, une autre Simonetta qui devait représenter le Printemps car elle avait une tenue camouflée, les autres, à moitié à poil évoquant les excès qu'on commet au printemps quand on va cueillir du muguet au bois de Chaville. Dans un coin, Maurice crut reconnaître Julien de Médicis qui cueillait un fruit l'air désinvolte, il devait sûrement relever les compteurs de ces jeunes bacchantes ; d'ailleurs à droite l'une avait déjà l'air en main. Julien de Médicis ressemblait à Vittorio Gassman ; ou alors non ! Mais oui ! Il ressemblait à la tête coupée de l'avenue du Château, et comme Vittorio Gassman ressemblait à Julien de Médicis, Fred Morange ressemblait à… Au-dessus un petit angelot regardait la scène comme un pigeon de Notre-Dame regarde les touristes. Décidément tout tournait autour du printemps dans cette histoire et Maurice qui était né au mois de mai avait toujours coutume de dire « C'est moi le printemps ! » On peut être né au printemps et triste comme l'hiver, n'empêche que les gémeaux ne devraient jamais se sentir aussi seuls que Maurice cette nuit-là. Avec l'amour de cette femme il avait été en orbite du bonheur, mais brutalement comme les astronautes qui doivent redescendre sur Terre, au moment d'entrer dans l'atmosphère de la réalité, il brûlait car il n'avait pas les boucliers protecteurs contre la tristesse et la solitude. Maurice sentait qu'il se consumait à petit feu.

Ce matin-là, il descendit la rue de Crimée jusqu'aux Buttes-Chaumont et il grimpa au milieu des rochers factices comme des décors de théâtre jusqu'au belvédère. Le printemps murmurait de l'optimisme qui ne l'atteignait pas. Des amoureux s'embrassaient fougueusement, comme pour arrêter le temps, comme pour retarder le moment où ils ne s'aimeraient plus ; ils s'accrochaient désespérément l'un à l'autre, cernés qu'ils étaient par les pièges qui les attendaient. Le pont, qu'on appelait le pont des Suicidés n'était pas loin ; maintenant il était protégé par un grillage ; il avait été longtemps la porte de secours des âmes malheureuses, qui s'écrasaient en bas juste à côté de la Grotte de Lourdes où couraient de ridicules petits ruisseaux artificiels.

Il s'acheta une gaufre au bord du lac au milieu des enfants piaillant comme une basse-cour et respira une bouffée de sucre glace qui le fit tousser pendant deux bonnes minutes comme un tuberculeux. La gaufre était légère et enfantine avec ses petits carrés qu'on grignotait en rond.

Tout cela ne faisait pas avancer l'enquête. Il finit l'après-midi en donnant des bouts de gaufre aux moineaux, qui venaient les chercher presque dans sa main, en se disant que ce flic-là ne devait pas passer souvent les menottes à quelqu'un. Il traîna dans ce grand jardin poursuivi par la chaisière qui, dès qu'il changeait de chaise, lui réclamait sa pièce. En fin d'après-midi Maurice remonta la rue de Crimée jusqu'à la place des Fêtes pour arriver chez Fernande. Là, tout le monde avait l'air anxieux ; Fernande ne portait pas ses minijupes habituelles, mais une robe longue grise comme le ciel ce jour-là. Alain dit à voix basse :

« C'est sûrement un kyste, mais il faut absolument qu'elle aille voir un spécialiste et qu'on lui fasse une biopsie. »

Maurice s'était assis en silence, quant à Roger il battait les cartes nerveusement… « C'est souvent un kyste, dit-il songeur. Il ajouta :

– Dans les guerres quand les hommes meurent, on s'y habitue à la longue, ils ont souvent tout fait pour en arriver là, mais les femmes ça fait drôle. »

Maurice en sirotant son pastis répondit :

– La mort des femmes c'est la fin du monde, à chaque fois c'est gênant, c'est déplacé, à chaque fois on perd sa mère, sa jeunesse, ses amours.

Roger fit tomber les cartes en essayant de les battre comme un pro et en les ramassant :

– Moi je veux mourir comme un vieil animal, sans qu'une femme me prenne la main ; c'est trop dur, c'est comme la mort des poilus qui chantaient… *adieu la vie, adieu l'amour, adieu toutes les femmes*, dans leur tranchée dans cette terre impitoyable…

– Merde, vous n'êtes pas marrants ce soir, s'exclama Maurice, c'est sûrement qu'un kyste !

Tout le monde se tut quand Fernande arriva avec un petit salé aux lentilles qu'elle servit en silence dans des petites assiettes à fleurs. Roger, Alain et Maurice la regardaient avec des petits sourires niais, comme des enfants à la cantine ou des oisillons dans leur nid qui ouvrent le bec à leur maman. Ce soir-là, Maurice s'arrêta sur un banc de la place des Fêtes et se mit à penser à Elena pour changer. Il ressortit son petit livre rose pour voir si le docteur Goethe pouvait lui faire une ordonnance et faire cesser cette poussée de tristesse ; pour arrêter la page il avait mis la reproduction de *La Naissance de Vénus*, du camarade Botticelli. Maurice se dit qu'il faisait partie de ce genre d'hommes qui sont voués à l'amour d'une femme comme d'autres à la Vierge, mais cette religion fait d'eux des intégristes de l'amour, et ils font peur à tout le monde ! Elle était là, sa tête légèrement penchée, la Vespucci, avec ses cheveux presque roux à force d'être blonds, ça devait être ça le blond vénitien. Elle évitait votre regard comme si elle s'excusait de causer autant de trouble chez les pauvres mortels. Il remit la Florentine dans le petit livre rose et décida soudain de rendre visite le lendemain au producteur du film que n'avait pas pu faire Fred Morange, Dino Felipe. Il avait été le manager de Simone Vitelli, c'est lui qui l'avait découverte ; son bureau était avenue de Ségur, en face des Invalides, là où dormait cet autre imbécile, qui comme Maurice avait essayé d'envahir la Russie en hiver…

Chapitre IX

C'était au dernier étage d'un immeuble des années trente avec un ascenseur luxueux et démodé. Il y a toujours une glace dans les ascenseurs où l'on se dévisage en montant au ciel. Cette lévitation a quelque chose de ridicule, parce qu'on n'a rien à faire que de se regarder et d'apercevoir les dommages que le temps peut faire sur les visages ; on n'est jamais le même qu'au rez-de-chaussée et Maurice se sentit plus vieux de sept étages.

Une sonnette plutôt rétro donna le ton de ce nouvel endroit et une secrétaire impassible le fit s'asseoir après qu'il eût présenté sa carte dans un grand fauteuil de cuir tout mou où il s'enfonça profondément en se demandant comment il pourrait en sortir. Il regardait autour de lui ; il n'y avait pas la kyrielle ostentatoire de photos d'acteurs qu'il avait vues chez l'agent, mais juste une grande photo encadrée comme un tableau, celle de Simone Vitelli qui aurait pu sortir de la coquille de Simonetta Vespucci tant elle lui ressemblait trait pour trait. Il était resté dix bonnes minutes à regarder ce visage de femme, quand sortit un gros homme bronzé avec un costume léger sur un gilet étriqué, le ventre sans complexe, le dernier bouton de son gilet ouvert comme il se doit dans la bonne société, une barbe bien coupée sûrement parfumée qui lui donnait l'air d'un Condottiere. Un bel homme, comme on disait au siècle dernier quand les ventres étaient signe de respectabilité.

– Inspecteur Morrrrigane, excusez cette attente, dit-il avec une belle voix grave où le nom de Maurice prit trois ou quatre r ronflant de plus.

Il le fit entrer dans une pièce immense et s'assit au centre d'un long bureau Art déco en vernis marron en souriant comme le Bon Dieu, sur un bridge étincelant, et sûrement hors de prix à moins que ce soit de vraies dents.

– Vous voulez me poser quelques questions sur ce pauvre Frrred Morrrrrange, et il fit rouler le r de Morange comme si on l'assassinait une seconde fois.

– Oui monsieur Felipe, ce qui m'intéresse dans cette histoire, ce sont ses rapports avec l'actrice dont vous étiez le producteur, directeur artistique et manager, Simone Vitelli décédée deux ans avant lui, le même jour, le 26 avril 2000.

L'Italien crispa légèrement son sourire permanent :

– Une passion inexplicable les liait car ils n'avaient rrrrien en commun, ajouta-t-il en appuyant sur le r de rien. Simone était intelligente et agréable à vivre, Morange était capricieux, comme les acteurs peuvent l'être quand ils ont un peu de succès.

Ses belles dents blanches pouvaient avoir un reflet carnassier et il entra aussitôt dans la liste des suspects.

– Vous ne voyez pas qui aurait pu avoir assez de ressentiment pour le mettre dans cet état ? lui demanda Maurice.

– Si, moi… répondit Felipe avec un grand sourire. Moi et un tas d'autres acteurs avec qui il avait travaillé et avec qui il s'était mal comporté. Il ne savait jamais son texte et l'apprenait en tournant, ce qui faisait qu'il ne pouvait le dire sans erreur qu'après quinze ou vingt prises à un moment où les autres acteurs commençaient à se fatiguer et il tirait ainsi la scène à lui, par lassitude des autres comédiens. Le scène de son assassinat est la seule qu'il ait tournée en une seule prise ! ceci dit toujours avec la blancheur de son bridge et un léger sourire qui le fit confirmer dans la liste des suspects.

Dans le grand escalier, avec sa belle rampe en cuivre, Maurice ne prit pas l'ascenseur, mais se laissa descendre avec désinvolture, les marches n'étant pas très hautes et le couloir très large, il pensa à la légèreté, unique but, unique ambition d'un homme de son âge, il se sentait léger en descendant et sautillait comme l'enfant qu'il avait été il y a longtemps, il tournait à chaque étage en accélérant, il pouvait presque courir tant les marches étaient basses et la belle moquette rendait sa descente silencieuse et harmonieuse. Il fut surpris d'avoir dévalé les sept étages et d'avoir retrouvé le niveau de la mer, du moins celui de l'avenue de Ségur. Là sa tristesse lui revint et il regretta sa descente enfantine, qui lui fit se dire qu'on pouvait peut-être soigner son âme en descendant des grands escaliers, en acceptant avec résignation de descendre un jour en enfer ou ailleurs, en sifflotant, léger, débarrassé de la lourdeur humaine.

Chapitre X

Il marcha jusqu'au pont Alexandre III, il faisait beau et les touristes faisaient des photos dans toutes les langues. Qu'est-ce qu'il allait foutre à Tokyo le pont Alexandre III !? Je vous le demande…

Maurice décida de prendre le métro à Madeleine, jusqu'à République, après c'est direct jusqu'à la place des Fêtes ; il traversa la place de la Concorde en courant car les voitures chargeaient les touristes comme la cavalerie légère, et arriva essoufflé devant l'hôtel Crillon pour prendre à gauche la rue Royale en jetant un coup d'œil nostalgique dans la vitrine de chez Maxim's.

L'église de la Madeleine, où les riches se marient en grandes pompes, en se faisant des serments qu'ils ne tiennent jamais et des familles d'imbéciles qui font leurs compliments à des couples déjà en instance de divorce. Il s'engouffra dans le métro comme un mineur qui retourne à la mine.

Dans le métro il revint à ses moutons : la mort de Julien de Médicis assassiné par les Pazzi c'était clair mais s'il ne ramenait que ça, ça ne satisferait sûrement pas le commissaire Blondeau qui n'en avait rien à foutre des Médicis et des Pazzi et risquait de trouver les défraiements de Maurice exagérés par rapport aux résultats. Le reste n'était pas très clair, la mort de Simonetta Vespucci assassinée par un bacille de Koch de la Renaissance, celle de Simone Vitelli assassinée par le Saint-Esprit et celle de Fred Morange par Jack l'Éventreur parce qu'il ne savait jamais son texte. Il réapparut place des Fêtes en haut de l'escalier mécanique le plus haut de Paris, là où les enfants de la guerre comme lui se laissaient glisser sur leur fond de culottes à une époque bénie où il n'y avait pas ces plots qui leur rabotent aujourd'hui les burnes s'ils avaient l'intention de refaire leurs merveilleuses glissades. « Quand est-ce qu'ils vont retirer les poteaux du marché, c'est dangereux pour les mômes qui descendent en patins à roulettes ? »

À la Comète Alain était tout pâle et lui annonça à voix basse :

– C'est un cancer du sein, je viens de recevoir les analyses, i'faut qu'on lui fasse une scintigraphie pour voir si ça n'a pas débordé sur les os.

– Quelle saloperie elle n'a même pas cinquante ans ! Qué scintigraphie, grogna Robert, comme si elle scintillait pas assez not' Fernande.

Ils ne jouèrent pas aux cartes et personne ne toucha au pain perdu qu'avait fait Fernande.

– On va l'opérer la semaine prochaine, ça va bien se passer, dit Alain avec une fausse gaieté.

Maurice traversa la place de Fêtes, entre les poteaux démontables du marché qui attendraient sûrement le prochain marché pour être démontés. Quelle bande de feignasses, se dit Maurice, j'espère que le chirurgien qui opérera Fernande aura plus de conscience professionnelle. Puis il reprit son rythme habituel, les cinq marches du 35 de la rue du Pré-Saint-Gervais, la petite cour qui sentait la bouffe des couples heureux, le chat qui se frottait à ses jambes en réclamant le menu, et puis l'évocation de la petite Russe qui lui garderait la nuit les yeux ouverts. Le sexe et la poésie ça peut manquer même aux vieux car c'est le sel de la vie, mais que faire de ses nuits ? Les putes ! Il y avait pensé, mais elles attiraient chez lui plus de compassion que d'érotisme ; il leur parlait quelques fois et une certaine complicité passait entre elles et lui ; il avait plutôt envie de les protéger quand elles se faisaient ramasser ; elles avaient dans le regard cette tristesse, cette acceptation de la lourdeur des hommes, et même souvent leur humour arrivait à dépasser leur vulgarité qui n'était qu'une protection contre la méchanceté de la vie, des mecs et de la misère. Non, sur le plan sexuel le corps de Maurice s'endormait, car il ne vivait que de souvenirs, comme elle était belle Elena, quand elle traversait la chambre comme un beau paysage et se glissait près de lui dans le lit qui devenait une église qui sentait l'amour et le Chanel N°5, bouquet de l'Impératrice et de la Tzarine et Moscou Rouge après la Révolution d'Octobre, avant d'être volé par le 25 de la rue Royale. Pourquoi perdre son temps à chercher une autre religion quand on a ça à la maison. Le chat Marlowe miaula en se demandant pourquoi Maurice fantasmait comme ça sur les femelles alors qu'on lui avait coupé les couilles à lui, pour qu'il ne se fasse pas écraser sur le boulevard Serrurier, en courant après les chattes de la Butte-Rouge. On aurait dû faire ça à Maurice, il n'en serait pas là.

L'aube blanche se leva comme une banquise et Maurice enfila un gros pull pour rester allongé à regarder le plafond en se demandant qui avait coupé la tête de Fred Morange. C'était un crime de Parisien, c'est plus raffiné, c'était pas un crime de paysan, genre massacre à la tronçonneuse, non, il y avait un certain style, peut-être un artiste, du moins quelqu'un de la profession, et pourquoi pas un metteur en scène ? Faudrait que j'aille faire un tour près du lac d'Enghien à Épinay, se dit Maurice, pour voir où ils en sont avec Manet, la peinture doit être sèche maintenant, comme quand on peut s'asseoir enfin sur les bancs de la place des Fêtes qui sont repeints tous les cinq ans.

Chapitre XI

Malgré un mariage arrangé et imposé à l'âge de quinze ans par son père Piero Vespucci, Marco était tombé follement amoureux de sa femme. Il suivit humblement toutes les fêtes auxquelles participait Simonetta, souvent les gens souriaient ironiquement sur son passage car Julien de Médicis paradait devant la foule avec elle à son bras comme un ornement, un merveilleux accessoire, qui embellissait sa gloire ; Marco, le mari complaisant qui aime et souffre ; quand à l'amour frustré s'ajoute l'humiliation, cette sourde douleur que Maurice connaissait bien où la jalousie distillait son aigreur et sa rancune. Il n'y avait que la haine comme remède à tout ça, la haine et peut-être un jour la vengeance contre l'un ou l'autre, ou les deux à la fois. Les Médicis étaient tout puissants et régnaient sans partage, jalousés politiquement par les Pazzi qui suivaient toutes ces fêtes en cherchant l'occasion de détruire par le poison ou l'épée ces rivaux détestés. Marco Vespucci avait été approché plusieurs fois par les Pazzi, qui sentaient en lui une complicité vengeresse. Ce jour-là pendant cette fête qui fut le point d'orgue du triomphe de Julien, La Joute de Julien comme on l'appela, le couple irradia dans Florence ; ils défilèrent dans la ville dans des costumes somptueux, couverts de lumière, d'encens, de fleurs et de musique ; la passion de leur amour éclaboussa Florence de beauté en déchirant le cœur de Marco à jamais.

Simonetta resta très tard au bras de Julien et la fête se termina au petit jour. Marco, lui, resta dans l'ombre avec son masque vénitien de carnaval et regarda jusqu'au bout le triomphe de sa femme et de son amant. Elle était là, frissonnante dans la fraîcheur de l'aube, les épaules nues sans que Julien n'eût le réflexe de la couvrir de sa merveilleuse veste orientale d'organdi, tant il était à son triomphe et à sa vanité. Marco s'aperçut que c'était à partir de cette soirée que Simonetta avait eu cette petite toux d'enfant malade, ce râle tendre qui ne la quitterait plus pendant plus d'un an jusqu'à sa mort. Pâle et fiévreuse elle était encore plus belle, mais la veste de Julien de Médicis devint une obsession dans l'esprit de Marco, qui vit bientôt dans ce manque de galanterie la raison de la mort de sa femme.

Maurice en arrivant à Épinay était en train de se dire qu'il devrait s'intéresser beaucoup plus à la mort de Fred Morange qu'aux raisons de l'assassinat de Julien de Médicis rapport à ses défraiements qui allaient sûrement venir sur le tapis tôt ou tard dans le bureau de Blondeau au quai des Orfèvres. Il attendit sagement que la lampe rouge s'éteigne signe qu'on ne tournait pas pour pénétrer dans le temple du rêve, et tout de suite la voix stridente du metteur en scène fut raccord avec sa dernière visite car il engueulait une jeune figurante qui mâchait son chewing-gum pendant les prises, en lui expliquant qu'à l'époque de Manet le débarquement américain n'était encore qu'un projet !

« Ah ! Inspecteur ! Vous avez trouvé l'assassin ? dit-il en reprenant son calme sans aucune transition.

– Je cherche... Je voudrais que vous me parliez de Dino Felipe, son manager et je crois coproducteur du film que vous tournez actuellement.

L'assistant hurla avec les mêmes aigus énervants « Déjeuner ! »

– Venez, on va en parler en mangeant, je vous invite à la cantine, répondit le metteur.

À la cantine, grand métissage de salaires où tout le monde a son plateau, acteurs, machinistes, metteur en scène, directeur de production, éphémère complicité artistique qui se disloquera le dernier jour de tournage, Maurice se plaça en face du metteur en scène à une table d'acteurs. Il y avait juste à côté une table de figurants qui ont coutume de se mettre à part ; respectueux et méprisants à la fois pour garder une certaine dignité.

– Rien de pire, lui dit Farel, que les figurants professionnels ; ils se font une hiérarchie entre eux au point que quand ils tournent des films de guerre, les officiers ne déjeunent pas avec les simples soldats.

On entendait la conversation de deux actrices qui parlaient en même temps ; c'étaient deux monologues qui se chevauchaient mais on se rendait compte que ni l'une ni l'autre n'écoutait son interlocutrice... Tu comprends je ne supporte pas qu'une fille qui n'a rien fait le prenne de haut avec moi sur le plateau... Tu crois que je devrais les couper plus courts, ça dégage le regard non ?... La tête de Maurice bourdonnait déjà de toutes ces futilités qui se mélangeaient avec les grosses plaisanteries des machinistes ; c'était comme une grande famille qui vivait à l'abri des épidémies et des guerres.

– Alors Dino Felipe, demanda timidement Maurice, qu'est-ce que vous pouvez m'en dire ?

– Dino a fait quelques bons films en Italie dans les années soixante à l'époque où le cinéma italien comme la pizza était bien meilleur qu'aujourd'hui... Il a découvert Simone dans le vieux Nice, sa grand-mère y tenait une confiserie ; il lui a permis de prendre des cours de danse et de comédie au conservatoire de Nice, on peut dire qu'il l'a adoptée parce que de quinze à vingt ans elle a même habité chez lui. Il la protégeait, il la couvait, il était présent à toutes ses prestations ; il écartait tous les importuns, jusqu'au jour où elle tomba sous le charme, relatif, de Fred Morange et en devint dingue amoureuse comme les femmes peuvent l'être quand il n'y a aucune raison qu'elles le soient... Dépêchez-vous de prendre du dessert avant qu'il n'y en ait plus. »

Maurice sortit du studio d'Épinay et prit l'autobus pas plus avancé que la dernière fois mais au moins il avait déjeuné. Son portable sonna et le commissaire Blondeau lui murmura d'une voix qui ne présageait rien de bon :

– Viens au 36 me raconter où tu en es !

Chapitre XII

Maurice descendit à Saint-Michel et traversa le pont du même nom plein de jeunes couples qui profitaient des premiers beaux jours en s'embrassant comme si l'île de la Cité c'était le Titanic, et qu'il ne fallait pas perdre de temps pour s'aimer. Il décida avant d'aller se faire engueuler, de descendre sur le quai en face pour aller voir le père Voltaire : le père Voltaire était une relation de Maurice, c'était un clochard qu'on appelait le père Voltaire, parce que la légende voulait qu'il eût été professeur de philosophie au lycée Voltaire, il vivait presque toute l'année dans des cartons sur le quai, à part quelques mois d'hiver où il dormait sur la grille du métro Saint-Michel. Il l'aperçut un peu plus loin, allongé sur un vieux matelas sale comme un peigne, avec plusieurs maillots indéfinissables les uns sur les autres, les bras nus tatoués de fleurs pour célébrer le printemps. Il y avait pas mal de jeunes gens au bord de la Seine qui prenaient le soleil, mais le coin du père Voltaire était respecté presque géométriquement, car son domaine restait privé à cinq mètres dans tous les sens, à cause de l'odeur intolérable qui commençait à cette distance. La situation du père Voltaire n'était pas originale comme celle de tous les paumés de la vie : un peu trop de déceptions, un peu trop de trahisons, trop d'abandons, un peu trop de tristesse et soudain le loyer de l'existence n'est plus payé ; c'est aussi facile de faire un paumé qu'un mort, il suffit de s'endormir au volant de la vie et on sort de la route. C'est ce qui était arrivé au père Voltaire, un jour, il était sorti du lycée Voltaire et s'était assis sur un banc avenue de la République et là, il s'était endormi tout simplement.

– T'as encore déterré des cadavres Maurice, qu'est-ce que tu rapportes de tes chasses mon bon chien ?

– Rien d'intéressant, je divague entre la Renaissance et le cinéma contemporain, tout ça sur fond de désenchantement, répondit Maurice.

– Ah, toujours la tête dans le sac pour ta Russe ! Tu sais Tolstoï, Dostoïevski, ça finit toujours mal. Si ça finissait bien, ça serait beaucoup moins intéressant à lire. Je disais à mes étudiants, vous voyez Anna Karenine, après le passage du train, qui brosse sa robe et remet son chapeau en place, ou Roméo et Juliette qui lorsque le jour se lève, partent en stop à Saint-Tropez. Les grandes amours doivent mourir, et la plupart du temps jeunes, pour ne pas avoir le temps de se retrouver à regarder la télé quelques années plus tard. »

Le vent d'Est accentua l'odeur du père Voltaire et ce n'était pas de l'encens de Notre-Dame, même si ça venait du même coin. Un bateau mouche passa devant eux comme à la parade, présentant ces touristes avec l'air émerveillé et naïf qu'ont tous les touristes qui naviguent sur ce bouillon de culture. Le passage du bateau déchirant l'eau réveilla un autre parfum, celui de la Seine qui vous donnait envie de la suivre, la Seine, jusqu'à la mer, un parfum de voyage, de fuite ; on pouvait sans descendre du bateau aller jusqu'à la mer et puis dormir sur une plage. Ils restèrent tous les deux silencieux un long moment à regarder le bateau s'engouffrer sous le pont Saint-Michel avec la précision d'un train dans un tunnel.

– Ton histoire de Renaissance, c'est quoi ? lui demanda Voltaire.

Maurice lui raconta en gros l'objet de son enquête et après son exposé, Voltaire lui répondit :

– Si t'en fais un roman, t'en vendras pas un, les Français détestent les surréalistes.

Maurice s'exclama :

– Mais tout est surréaliste dans la vie ! Et vous les professeurs de philosophie, vous m'avez bien appris que la chaise ou la table, si ça se trouve, n'existaient pas, mais que ça venait d'un autre monde, dans une autre dimension et qu'on était des atomes et de la poussière d'étoiles ! Qu'est-ce que vous avez à répondre à ça professeur ?

Voltaire prit un litron de vin rouge à côté de son matelas, en offrit à Maurice qui refusa poliment ; il en but une large rasade et après un rot sonore :

– Pourquoi tu crois qu'j'en suis là, si je ne m'étais pas aperçu que je mettais dans la tête des jeunes un tas de conneries prétentieuses qui les empêcheraient d'affronter le surréalisme de la réalité ! »

Sur ce, il repiqua au goulot de sa bouteille et la vida dans un long râle voluptueux. Maurice se leva en laissant un billet de vingt euros sous la couverture, billet que le père Voltaire aurait refusé, mais qui le réjouirait quand il le trouverait.

Chapitre XIII

Maurice ressortit vers six heures du quai des Orfèvres. Les jours rallongeaient de plus en plus. Il marchait vers la place du Châtelet, la tête bourdonnante de l'engueulade du commissaire Blondeau. « Qu'est-ce que c'est que cette histoire à propos des Médicis… T'es bon pour la retraite anticipée, mon vieux, ou un emploi aux archives… Je peux te recommander pour une place de guide au musée Carnavalet ! Je veux des résultats concrets et pas une enquête sur tes frustrations artistiques… Mais qu'est-ce qui est concret dans la vie, se dit Maurice. Le théâtre du Châtelet où ils jouent *L'Auberge du Cheval Blanc ?*

Le Pont-Neuf aussi neuf que les disparus qui l'ont traversé à toutes les époques ? Rien n'est concret dans cette ville ; Paris est la ville la plus surréaliste au monde. Et un acteur qui se fait couper la tête, même si de son vivant il l'avait un peu grosse, je vous le demande, Commissaire, qu'est-ce que viendrait faire le réalisme là-dedans ? »

Dans le métro il s'endormit à côté d'une grosse dame qui tricotait et il faillit rater la station de la place des Fêtes et repartir comme cela lui arrivait quelques fois, vers Botzaris et Jaurès, après le faux terminus du Pré-Saint-Gervais. Il sauta au dernier moment à la fermeture des portes et il monta le grand escalier mécanique où les enfants ne pouvaient plus user leurs culottes. La triste remontée à la lumière comme les mineurs du Nord, la sortie sur le square de la place des Fêtes, derniers vestiges de la civilisation au milieu des grands immeubles, témoins de quelques décennies de connerie et de mauvais goût qui vous contemplent comme les pyramides de Bonaparte qui avaient été les prémices du Club Méditerranée. Il arriva vers dix-neuf heures à la Comète, où Alain lui apprit que Fernande allait se faire opérer le lendemain matin, qu'elle avait pris un taxi aujourd'hui vers cinq heures pour passer la nuit à l'hôpital Lariboisière. Les trois amis décidèrent de prendre la voiture de Robert le lendemain et d'aller lui rendre visite vers seize heures quand elle se réveillerait.

Maurice remonta les cinq marches du 35 rue du Pré-Saint-Gervais un peu plus tôt que d'habitude. Le chat avait l'air inquiet lui aussi… Dans son demi-sommeil habituel Maurice mélangea l'image de l'acteur décapité et celle d'une Amazone dont il manquait le sein droit pour mieux tirer à l'arc, comme dans la légende ; une Amazone qui ressemblait étrangement à Fernande.

Le jour se leva plus tôt à cause du printemps et Maurice regarda un long moment le plafond sans l'intention d'y lire le moindre avenir, mais en souhaitant que celui de Fernande s'arrange au mieux, avec un sein ou deux, qu'importe ! C'était une belle forte femme, toujours prête à sourire à ses clients ; elle ne se plaignait jamais la Fernande ; elle passait toutes ses journées debout à satisfaire des ivrognes ou des dépressifs ; et voilà que le ciel s'attaquait à elle, alors qu'il y avait tellement de connards qui méritaient bien plus qu'elle que le sort leur fût contraire.

Vers quatorze heures trente ils partirent de la Comète dans la voiture de Robert : le long des Buttes-Chaumont, puis Jaurès et boulevard de la Chapelle jusqu'à Lariboisière où on opérait leur amazone. On les fit attendre dans un couloir devant la salle de réveil au milieu de la cour des Miracles des éclopés de la nuit. Quand ils boitaient on pouvait deviner où ils avaient mal ; il y en avait qui marchaient presque normalement, mais leurs yeux étaient tristes. D'autres étaient plus sereins car convalescents, avec un capital de bonheur et d'optimisme qui jurait avec les autres. Cette injustice des situations de la vie qui fait que se confrontent toujours les heureux et les malheureux. Mais avec un peu de réflexion, on savait bien que tout le monde allait crever ; à plus forte raison dans cet endroit. Cette espèce de purgatoire où il faudrait revenir, tôt ou tard. Les seuls qui avaient l'air immortels, c'étaient tous ceux qui étaient vêtus de blanc, et qui s'affairaient de chambre en chambre, comme des anges dont la tâche était de s'occuper des humains, pour les aider à vivre encore un peu, et puis à mourir. Le chariot poussé par un infirmier sortit de la salle. Ils purent reconnaître le sourire de Fernande qui éclairait le couloir et ils suivirent en cortège, comme des courtisans derrière la litière d'une reine jusqu'à une chambre un peu plus loin où dormait une vieille dame. On les fit attendre le temps de coucher Fernande dans son lit de douleur. Quand ils entrèrent son sourire bienveillant les accueillit de nouveau. Maurice s'assit à côté de son lit et en lui prenant la main lui demanda si elle souffrait. Fernande répondit qu'elle sentait son sein comme la fois où un jeune amant le lui avait dévoré toute une nuit. Les jeunes quand ils couchent avec une femme plus âgée ont souvent des fantasmes freudiens qui leur font commettre des excès au niveau des mamelons des femelles. Elle leur dit :

– Vous m'avez l'air bien pâles, mes chéris ! vous avez encore bouffé des saloperies ! Il est temps que je me ressaisisse. Je vais pouvoir plus facilement tenir ma poêle dans ma main droite avec un sein en moins.

Maurice pensa à l'Amazone de son rêve et se mit à sourire.

Chapitre XIV

Le lendemain Maurice faisait ses courses au marché de la place des Fêtes où enfin les poteaux démontables servaient à quelque chose. Il ramènerait quelques friandises charcutières qu'il partagerait avec son chat. Rien de plus triste qu'un homme seul vieillissant qui fait ses courses, en hésitant sur les courgettes et les concombres, les oignons et les échalotes ça se ressemble tellement ! Pourquoi ne pas donner des croquettes aux vieux célibataires avec tout ce qu'il faut dedans comme pour un vieux chien, ça serait plus pratique. Il s'assit sur un banc en vérifiant bien qu'il n'avait pas été fraîchement repeint et il ressortit la reproduction du tableau de Botticelli. Son air penché, ce visage au-delà de la perfection parce que tellement tendre et absent, elle avait l'air de retenir ses larmes pour ne pas abîmer la toile. Tous les tableaux de ce peintre ont une retenue, un non-dit, une pudeur… Maurice ressentait toujours la même émotion, même si le papier commençait à se chiffonner dans sa poche. Ce visage restait frais et d'une douceur infinie qui valait tous les tranquillisants de Lariboisière. Il la remit dans sa poche et se dit qu'il fallait se renseigner sur l'adresse privée du manager de Simone Vitelli, la jumelle de Simonetta. D'ailleurs pourquoi l'avait-il appelée Simone ? Un pigeon s'était approché de son filet à commissions et commençait timidement à le picorer comme un pivert sur le tronc des arbres. Maurice l'observait et le pigeon le regardait parfois, avec des yeux ronds et sa petite tête inquiète se demandait quand on allait le chasser. Maurice avait envie de lui demander comment ça se passait les histoires d'amour chez les pigeons parisiens, est-ce que ça pouvait durer toute une vie comme on le disait des tourterelles ou est-ce que c'était comme pour les humains ? Que ça finissait toujours par un divorce et un avocat qui se sucrait sur les cœurs en déroute. Le pigeon ne voulant pas entrer dans ce débat s'envola, avec un petit bout de pain dans le bec, pour aller le déguster sur le toit du kiosque. L'assistant de Maurice l'appela pour lui donner l'adresse du producteur. Il habitait une villa au Vésinet, où il était rarement car il dormait souvent à côté de son bureau où il avait un pied-à-terre comme on dit même si c'est au septième étage.

Ce jour-là Fernande refaisait la cuisine. Alain, Robert et Maurice retrouvaient un transit intestinal normal car le régime alimentaire des célibataires ne vaut rien pour leur santé ni leur longévité. Fernande avait perdu ses cheveux, à cause de la chimiothérapie et avec son turban elle ressemblait à Simone de Beauvoir. Le style de son service était devenu plus… Comment dire ? Plus intellectuel, plus raffiné, plus de gauche. Les trois amis étaient de plus en plus respectueux devant cette dame qui avait souffert et allait sûrement nous écrire un livre. Pour le moment elle avait fait du boudin à la compote de pommes.

Il pleuvait sur les pavés ronds de l'immense cour du château de Chantilly qui était lavée à grande eau. Les enfants d'une école en visite culturelle couraient devant Maurice comme un vol de perdrix, en éclatant de rire. Ils s'engouffrèrent en secouant la pluie de leurs plumes dans cette grande demeure d'aristocrates qui devait être très difficile à chauffer ; une vaste bâtisse qui ressemblait plutôt à une immense brocante de luxe. Maurice détestait les musées qui pour lui étaient les temples de l'ennui des enfants. Pourtant se disait-il, le patrimoine, merde, le patrimoine, il faut bien le mettre quelque part… même si les proprios sont devenus poussière…

Il finit par trouver le portrait de Simonetta. Elle était presque cachée dans une espèce de crypte à l'écart des vieux locataires ; comme à son habitude, discrète, effacée et timide ; mais cette fois elle regardait ailleurs, de profil, indifférente mais toujours tendre. Maurice se demanda ce qu'il faisait là, et la raison pour laquelle il retombait toujours sur les traces de la petite Vespucci. Quelque chose lui disait que c'était par là qu'il fallait se promener, pour atteindre la vérité comme par hasard. Comment expliquer ça au commissaire Blondeau ?

Sorti du château en même temps que la même nuée d'enfants qui était entrée avec lui et qui courait maintenant vers le bois pour respirer, il marcha jusqu'à la gare de Chantilly, dans cette banlieue de première classe qui vous donne envie de monter à cheval et de vous acheter des titres de noblesse… Il se disait que les aristocrates avaient beaucoup souffert pendant la Révolution ; le fait de couper la tête à des jeunes filles bien élevées ainsi qu'à leurs parents était peut-être un peu excessif par rapport à la quête de la liberté… Bien sûr l'égoïsme et l'arrogance des nobles avaient pu mettre en colère les masses populaires, comme les marxistes appellent le peuple avec un certain dédain… Bon, ils vivaient dans un luxe exagéré les aristos, hein, avec des surfaces au sol carrément immorales quand on pense à une chambre de bonne dans le 18e arrondissement… Bien sûr on est tous égaux dans la mort, alors autant de son vivant avoir quelques privilèges. Quant à leur couper la tête…Quoique… Qu'est-ce qu'il avait pour qu'on lui coupe la sienne l'acteur, il habitait pas Chantilly ?

Chapitre XV

Dans le train où ça sentait le chien mouillé, tout le monde allait passer ce samedi soir à Paris. La foule était plus souriante, plus gaie que pendant la semaine quand elle partait pour le bagne. Des jeunes remuaient bruyamment, conscients et même fiers de la méfiance et de la crainte qu'ils suscitaient. Pour eux, le présent c'était l'éternité, ils auraient bien le temps de mourir. Pour le moment ils emmerdaient le monde. Maurice faillit intervenir, mais il se retint de sortir sa carte de police au milieu de ce chahut qui avait l'air de dégénérer un peu ; ça l'aurait vieilli terriblement. Ils descendirent tous à la Gare du Nord et la petite bande s'éparpilla pour réveiller la capitale et même sûrement faire voter très à droite un bon nombre de citoyens qui n'avaient pas le sens de la fête. La pluie avait cessé… Le soleil était redevenu rêveur sur Paris… Il faisait briller les rues avec une nuance de rose en se couchant. Et tout était propre.

À la sortie du métro Place des Fêtes il alla s'asseoir dans le square. Des amoureux se dévoraient littéralement sur le banc d'à côté. Maurice aurait bien pardonné à son amour envolé, mais à condition qu'on lui en soit reconnaissant… qu'on apprécie sa grandeur d'âme… sa noblesse…. sa générosité… qu'il en soit estimé, et en définitive presque aimé à nouveau… Encore une fausse piste. De toute façon en amour on se sépare toujours de l'âme sœur, là c'est la vie qui vous sépare, tandis que pour l'amour propre on se sépare aussi, mais c'est encore plus certain car c'est la mort qui vous sépare de vous-même. Pourquoi s'en faire ! L'amour se vide comme un pot de confiture de fraises, on finit par racler les bords avec sa petite cuillère et bientôt le goût sucré n'est plus qu'un souvenir. Non ce n'est pas le bonheur qui rend le plus heureux, comme disait sa grand-mère, ce qui est pris est pris. Les souvenirs sont les seuls bagages que tu pourras emmener car en amour il faut voyager léger. « Maurice ! Arrête de gamberger, tu t'fais du mal. » Il se retourna pour voir qui avait murmuré ça, mais derrière lui la rue du Pré-Saint-Gervais était déserte.

À la Comète Alain était venu présenter une jeune fille avec laquelle il avait l'intention de se fiancer ; elle faisait des études de vétérinaire, elle devait avoir dans les vingt ans, et André et Maurice restaient silencieux et prévenants pour ne pas donner une mauvaise impression sur les relations de leur ami.

– Vous êtes à Alfortville ? demanda Robert avec la bouche en cul de poule, j'avais emmené mon chien pour le faire opérer, ils ont dû le garder pour le piquer, j'y pense souvent. Vous connaissez le texte de Céline sur la mort de sa chienne, c'est un des plus beaux de la littérature française. C'est un beau métier que vous faîtes là ! Et le silence retombait.

Elle était charmante et timide et Maurice et Robert étaient tout émus de voir leur ami pour la première fois rayonnant à côté de cette jeune fille. Et pourquoi, pour eux, l'amour ne durerait pas ? Que pour eux ça se passe comme pour les pigeons de la place des Fêtes qui restent ensemble toute leur vie ? Que pour eux ça dure jusqu'à ce que la mort les sépare, comme dirait le curé de l'église de Belleville quand il marie des prolétaires du dix-neuvième arrondissement. C'était un pur moment de bonheur de voir leur ami heureux, Simone de Beauvoir avec son turban avait fait ce soir-là du petit salé aux lentilles. La félicité était complète et après ça on pouvait dormir, sourire ou veiller, pour Maurice. Il décida de rendre visite au producteur au Vésinet à l'adresse indiquée par l'assistant.

Un mercredi après-midi où il faisait beau, Maurice marchait le long d'une grande rue bordée de belles maisons devant lesquelles des enfants bien nourris jouaient au ballon en s'écartant pour laisser passer les rares voitures qui les dérangeaient dans leurs jeux… Il pensa au square de la place des Fêtes de son enfance ; il se voyait lui l'enfant de la guerre nourri au pain de maïs, avec ses chaussettes trouées, ses caleçons douteux, et tellement heureux de vivre et de respirer en descendant la rue de Belleville. Les enfants de pauvres et les enfants des riches ont la même vitalité, le même cri de joie quand ils jouent, ils sont immortels… Il sonna à une grille prétentieuse et deux énormes chiens se précipitèrent en aboyant férocement. Maurice se recula même s'il était protégé des fauves par la cage. Une voix avec un accent italien cria par l'interphone :

« Starsky ! Hutch ! Aux pieds ! Entrez, entrez, ils ne sont pas aussi méchants qu'ils le paraissent ; ce sont des chiens de cinéma payés pour jouer ce rôle. »

Maurice entra en surveillant quand même les deux molosses qui commençaient à remuer leur queue et à le suivre respectueusement même s'il n'avait pas encore montré sa carte. Sur le grand perron de la luxueuse villa, un homme sans âge lui demanda :

– Vous êtes l'inspecteur Morrigane ? Monsieur Felipe m'a dit que vous lui rendriez visite un jour ou l'autre, je devais vous accueillir, il est au Festival de Cannes. Entrez, il vous a laissé un mot, dit-il aimablement en faisant rouler le r de « entrez ». Je suis son assistant. Je m'appelle Vittorio…

Maurice était surpris que sa visite soit aussi anticipée, mais dans ce métier d'artiste, tout était surprenant et il commençait à s'y habituer…

– Venez, la lettre est dans son bureau, lui dit Vittorio en trottinant dans un hall immense comme le décor de Citizen Kane.

Sur un merveilleux bureau en acajou, sous un coupe-papier précieux, une lettre l'attendait écrite avec de l'encre violette.

« Inspecteur, je suis à Cannes, mais je voudrais vous inviter au Festival. Je vous ai retenu une chambre à l'hôtel Majestic, je voudrais vous raconter une histoire, ci-joint un billet d'avion pour Nice, une voiture viendra vous chercher. Deux jours au bord de la mer vous changeront les idées et feront beaucoup de bien à la mélancolie que j'ai cru déceler en vous. Amicalement. Dino Felipe »

Le quai des Orfèvres ne le trouvait pas toujours, tant sa façon d'enquêter non-conformiste et sa réputation de fumiste efficace lui laissaient beaucoup de liberté. Il était comme les chiens qui cherchent les truffes, il faut les laisser tranquilles et ils trouvent l'endroit où se pose la mouche, la mouche de la vérité, là où ça sent un peu la pourriture. À la Comète, il ne put s'empêcher de parler de son voyage à Cannes. Robert était dans tous ses états…

– Angelina Jolie ! elle est à Cannes cette année… Est-ce que tu te rends compte du privilège que tu as de te rapprocher géographiquement de cette merveille… Ce saint Graal… Essaie de lui adresser la parole, montre-lui ta carte de flic… Dis-lui qu'il y a un homme qui voudrait mourir pour elle… faire quelque chose de sa vie… Complètement hystérique, au bord des larmes. Est-ce que tu te rends compte qu'elle existe… Tu vas l'approcher, tu te rends compte de ça !

Pendant tout le repas où Simone de Beauvoir avait fait une tête de veau, sûrement pour que Maurice n'oublie pas son enquête, Robert restait silencieux, mais on sentait une tempête d'émotions en lui ; il couvait du regard Maurice, il en tremblait, il était en pleine ascèse. Le repas terminé, il embrassa Maurice sur les deux joues comme s'il lui confiait une mission sacrée ; il lui serra les épaules en le regardant fixement.

Chapitre XVI

Dans l'avion Maurice pensa à la mort collective. Quand il prenait l'avion il y pensait souvent comme s'il était moins angoissant de mourir accompagné que solitaire quoiqu'on puisse se sentir encore plus seul dans la foule ou dans une salle de spectacle. Imaginer qu'on va avoir le même sort, la même destinée, au même moment avec un tas de gens qu'on ne connaît pas même si on en reconnaît quelques-uns lui semblait presque rassurant. Il se mit à relire son petit livre rose sur Werther en se disant que Goethe était un peu fondu pour avoir écrit ce best-seller il a bientôt deux cent cinquante ans, quand il décrivait Werther et Charlotte sa bien-aimée, tous les émois, les regards qu'il mendiait de son grand amour, toutes ces petites lumières qu'il cherchait dans le ciel, toute sa tristesse, sa jalousie, son inquiétude, sa folie, son désespoir, sa déraison. Il se disait qu'il n'y a d'amour que le fol amour, le reste ce ne sont que des occupations de petits bourgeois qui ne voient dans les sentiments qu'une caisse de prévoyance pour des garanties de petits bonheurs. Il faut plonger sans méfiance. Il y a dans ces amours-là une idée de suicide, d'abandon de soi. À côté de lui une jeune femme n'arrivait pas à mettre sa ceinture, il se pencha pour l'aider en la frôlant et un parfum paradisiaque l'envahit. Cette présence de femme à ses côtés, peut-être pour l'accompagner dans la mort, lui procura un moment de calme et de bien-être.

L'avion était comme une église propulsée dans l'espace et tout le monde allait au même endroit ; la destination n'avait aucune importance. Les sourires des couples heureux, les regards avides de lendemains ensoleillés sur la Côte d'Azur, on aurait dit des enfants à qui on avait promis des cadeaux pour un Noël qui ne finirait jamais. Peut-être à cause de toutes ces nuits blanches qu'il avait l'habitude de passer, Maurice s'endormit.

Il se voyait dans une campagne au printemps avec Elena, mais à une époque très ancienne et ils couraient tous les deux dans un merveilleux paysage plein de fleurs et de maisons de poupée. Elle courait dans une robe dont le style faisait penser à celui du XVIIIe siècle, ses longs cheveux flottaient au ralenti comme une couronne magique et son rire cristallin accompagnait cette course légère. Maurice sentit derrière lui la présence d'un autre homme qui courait comme lui et bientôt le dépassa pour prendre la main d'Elena. Tous les deux accélérèrent en riant, et main dans la main descendirent vers un petit bois au bout d'un champ de fleurs. Maurice s'était arrêté tremblant, le cœur cognant dans la poitrine avec la vague d'angoisse et de tristesse qu'il connaissait bien et qui l'empêchait d'avaler sa salive ; le goût acide du malheur qui suivait ce court instant de bonheur, dans la douceur du printemps. Il s'assit au pied d'un arbre et vit une boîte en acajou qu'il ouvrit et dans laquelle il y avait les deux pistolets d'Albert, le fiancé de la Charlotte de Goethe. En regardant le ciel et les premiers papillons, il se dit le vers d'une chanson « C'est dur de mourir au printemps » et il se réveilla.

Le mistral chahutait l'atterrissage sur Nice, l'avion bougeait exagérément et beaucoup de sourires avaient disparu. Maurice se dit qu'il n'aurait peut-être pas besoin d'utiliser les pistolets d'Albert que Goethe avait mis à sa disposition comme une invitation. Tout le monde descendit de l'avion et une douceur brutale fit remonter la température de Paris de plusieurs degrés, une odeur de pins, de mer, une odeur de vacances. Une voiture luxueuse l'attendait, c'était Vittorio le gardien du Vésinet qui était là, et Maurice se demanda qui donnait à manger aux deux gros chiens.

Chapitre XVII

Au Majestic, une foule de gens qu'on croyait déjà avoir rencontrés une fois dans sa vie dans un film ou dans un rêve, essayaient de capter l'attention des deux réceptionnistes débordés pour obtenir leur clef ; l'amabilité, le respect des deux employés de l'hôtel étaient proportionnels à la notoriété du client, ils pouvaient donner la clef avec une petite révérence et un grand sourire pour des visages connus ou la tendre avec nonchalance sans regarder l'interlocuteur; c'est ce qui se passa pour Maurice mais il était bien sur la liste des invités. Un porteur s'empara de son petit sac de voyage comme s'il s'agissait de la malle des Indes et le dirigea vers une chambre confortable au fond du couloir du second étage ; en se penchant dangereusement du petit balcon on pouvait quand même voir la mer et la Croisette noire de monde. Sur une table à côté d'une bouteille de champagne il y avait une lettre écrite à l'encre violette avec l'en-tête des films Riviera :

« Cher inspecteur Morrigane, j'ai beaucoup d'obligations professionnelles qui m'ont empêché de vous accueillir, mais vers dix-neuf heures trente si vous le voulez bien, vous pouvez voir un film au Palais des Congrès, je vous laisse une invitation. Cette faune va vous intéresser, j'en suis sûr ; mais vous devez porter un smoking, je vous en ai retenu un dans une petite boutique derrière la rue d'Antibes. Vittorio vous emmènera. »

Maurice se fit couler un bain et en buvant les petites bouteilles du mini-bar, il eut un moment de triste volupté dans la baignoire, à regarder le plafond. Elena aurait pu accrocher une jolie robe dans cette petite chambre, elle lui aurait donné le bras pour traverser la Croisette, mais il était seul, tout seul au milieu de cette kermesse du bonheur. Il eut envie soudain de fuir cette ville où on peut croire qu'on n'est jamais malheureux, mais il était curieux de l'histoire que lui avait promise Dino

Felipe. Après tout il pouvait perdre son temps ici ou ailleurs puisque depuis qu'Elena l'avait quitté le temps n'existait plus… Il s'était arrêté le temps, pourquoi ne s'était-il pas arrêté quand elle était là, Elena ? Il l'aurait gardé enfermée dans un moment, dans une seconde et ils se seraient figés tous les deux dans le bonheur… Bon, on arrête les conneries, dit-il en se levant de la baignoire et en enfilant un lourd peignoir blanc de curiste.

« Grain poudre, Monsieur Morrigane, grain poudre, il n'y a que ça pour un habit de soirée, disait le petit tailleur cannois qui louait des smokings, bien sûr, c'est un peu chaud mais pendant le Festival on n'est pas loin des saints de glace, les soirées sont fraîches. On portait du grain poudre à la grande époque où les salles étaient moins chauffées, de toute façon je n'ai plus que ceux-là, tous mes cols châle m'ont été loués par un tas de clowns américains qui les portent avec des chemises de couleur à jabot ; vous vous rendez compte, des chemises à jabot ! Il disait cela avec des larmes aux yeux ; il lui ajouta une paire de vernis avec des petits nœuds sur le dessus qui lui donnaient des pieds de toréador.

Vittorio ramena Maurice à l'hôtel, qui retrouva sa belle petite chambre. Il mit son nœud papillon heureusement pré-noué et se prépara pour sa rentrée dans l'univers des paillettes et du rêve, avec quand même un peu de crainte, malgré sa curiosité…

Chapitre XVIII

Le hall était en effervescence et il crut deviner Angelina Jolie qui montait dans une voiture pour faire les deux cents mètres qui séparaient le Majestic du Palais. La foule soudain s'électrisa... Elle ondulait et l'escalier bougeait de droite à gauche comme sur un bateau, le centre de gravité, c'était les hanches de cette merveille, une espèce de rêve en lévitation qui s'élevait en frôlant le tapis rouge pour s'évanouir dans la lumière éblouissante des sunlights en haut des marches, avec les cris des photographes : Angelina ! Angelina ! Angelina ! La silhouette se retourna pour les satisfaire et Maurice crut voir le visage d'Elena qui souriait doucement avec un geste royal de la main vers lui. Il faillit tomber en arrière et se cramponna à un homme en smoking sûrement loué au même endroit. C'était Elena, sa maladie, qui disparut dans la grande salle bruissante de toutes ces belles robes accompagnées par un tas de types habillés en maîtres d'hôtel. Maurice s'assit un peu à l'écart, il pouvait apercevoir l'ensemble de l'assistance, tous ces visages connus, reconnus, méconnus ou oubliés ; des jeunes actrices triomphantes de jeunesse, et quelquefois sous de lourds maquillages, d'anciennes stars au regard un peu triste, mais toujours dignes comme des cygnes qui affrontent la foule avec morgue et élégance ; celles-là sont touchantes… c'est vrai qu'on dirait des cygnes, elles dominent des oies plus jeunes et on peut comprendre quand elles passent devant vous un peu moins sûres d'elles qu'elles ont pu fasciner à une époque ; tant il leur reste de magie et de douce lumière. La salle s'éteignit et on projeta un long film un peu prétentieux auquel Maurice ne comprenait rien mais qui lui fit rattraper un peu de sommeil sur ses insomnies… Des applaudissements polis le réveillèrent et il suivit cette élégante cohorte de talons aiguilles et de costumes sombres pour redescendre les marches légendaires comme un film qu'on passe à l'envers. Les photographes étaient toujours là, jappant le nom des stars comme des chiens qui cherchent un maître à la SPA... Il marcha vers l'hôtel Majestic, il n'y avait que la rue à traverser au milieu de la foule avide de célébrité et d'illusion et se dirigea vers le bar où devait l'attendre le producteur... Il y avait là une femme, sûrement belle, ou qui avait dû être belle et elle buvait un pastis comme dans un café du port; elle fut tout de suite sympathique aux yeux de Maurice, et quand le barman lui demanda ce qu'il voulait prendre, il ne put s'empêcher de dire :

– La même chose que Madame... ou Mademoiselle ?

Le visage de la femme triste s'éclaira un peu et elle reprit la contemplation de son verre :

– Ne me dîtes pas que vous êtes producteur vous aussi, dit-elle sans tourner la tête.

– Je suis flic, répondit Maurice en ajoutant un peu d'eau à son pastis.

Elle reprit :

– J'espère que vous allez m'embarquer tous ces salauds, tous ceux qui m'ont promis des rôles romantiques et où il fallait que je me déshabille même en hiver et que j'embrasse de mauvais acteurs avec une mauvaise haleine ; j'ai tellement rêvé d'être une bonne actrice, j'ai fait pas mal de films vous savez, j'ai même épousé un réalisateur, mais j'ai divorcé, quand il a versé dans le film érotique.

Soudain elle se mit à pleurer à chaudes larmes, son joli buste secoué de sanglots, Maurice pensa à Vivien Leigh dans *Un tramway nommé désir*, elle devenait belle à force de sincérité… Il la prit par les épaules en lui disant :

– Je ne sais pas si vous êtes une bonne actrice mais ce soir vous êtes une jolie femme touchante et pleine de vérité. Excusez-moi de vous dire de cesser de chercher un producteur, mais cherchez-vous un grand amour, moi je suis trop vieux, mais si j'avais le temps, de la place dans mon cœur et dans mon deux pièces, je vous ferais une cour d'enfer.

Les yeux de la femme s'éclaircirent et passèrent du gris au bleu; avec un peu moins de maquillage, un rouge à lèvres moins rouge, c'est sûr qu'elle était belle. Elle finit son verre, et embrassa légèrement Maurice sur le coin de la bouche en lui disant :

– Alors, y'a d'bons de flics ?!

Elle sortit en s'essuyant les yeux et Maurice pensa que ça aurait fait une belle scène en noir et blanc dans une série B des années 40…

Chapitre XIX

Dino Felipe arriva en costume blanc avec une petite fleur à la boutonnière :

– Je vous ai fait attendre… Je m'en excuse, allons dîner je vais vous raconter l'histoire que je vous ai promise.

Le maître d'hôtel les mena à une table à l'extérieur au bord de la piscine où des petites starlettes s'étaient tortillées tout l'après-midi, espérant se faire découvrir par des producteurs et des metteurs en scène qui feraient de leur vie un paradis. Il faut dire qu'elles étaient déjà pas mal découvertes, languissantes comme de jeunes otaries avec leurs minuscules maillots de bain, les seins nus, sous un soleil aidé par les autobronzants. Dino Felipe, très cérémonieusement, fit asseoir Maurice face à la mer. Dans ce décor, peut-être à cause du soleil couchant et du cliché de ses reflets, dans cette douce brise, Maurice se sentit tristement heureux et vivant ; c'est drôle comme la Méditerranée peut vous chasser les idées noires et donner une idée de la mort et de la vie plus supportable. C'est sûrement pour ça que beaucoup de vieilles gens qui peuvent s'acheter une piaule en première ligne s'installent à Cannes, Nice ou Monaco, pour mourir en regardant la mer entourés de médecins installés dans un fromage qui leur permet de soigner des patients qui en ont les moyens.

– Je vous ai commandé des salades de homarrd et un rriz aux truffes, le rreste est un peu tourristique… et un peu de champagne si vous n'avez rien contrre ?

Maurice n'avait rien contre car il était déjà dans un état d'esprit complètement euphorique tellement l'ambiance le changeait de son spleen habituel. Tous ces gens avaient l'air d'avoir trouvé l'endroit idéal pour attendre la fin du monde…

Dino poursuivit :

– Je suis né à Florence, je suis né à la Renaissance, mes souvenirs d'enfance sont liés à cette ville, à cette époque et à mon père. Ma mère était une madone superbe qui s'est envolée comme une image pieuse quand j'avais quatre ans. Mon père l'a pleurée toute sa vie. Mon père était cette ombre douloureuse qui restaurait les tableaux et les fresques depuis toujours ; sa silhouette était brisée par les positions qu'il devait prendre des heures, accroché qu'il avait été toute sa vie aux plafonds des églises, sur de fragiles échafaudages, tordu couché suspendu dans le froid et les courants d'air en hiver et dans la chaleur étouffante de l'été, à réparer l'orteil d'un Christ, le sourcil de la Vierge ou la main d'un apôtre. Il en était bossu et claudiquant dans sa blouse d'une couleur indéfinissable, arc-en-ciel de tous les chefs-d'œuvre qu'il avait parcourus ; mais dans le corps détruit de ce père adoré, Dino décrivait à Maurice les yeux de cet homme-là ; des yeux qui gardaient toute la beauté où ils avaient voyagé toute leur vie.

– Après l'école, je courais dans la rue, avec la gamelle de mon père pour lui porter son déjeuner ; le jeudi je restais assis dans le coin d'une église à regarder cette chauve-souris accrochée au ciel d'un Michel-Ange ou d'un Léonard de Vinci. La voix de Dino Felipe était troublée de larmes, il s'arrêta un instant pour remplir les verres… Dino reprit :

– Un jour, je devais avoir dans les onze ans, mon père me donna une image, une petite image comme on en donne aux enfants quand ils ont été sages ; l'image d'une jeune fille merveilleuse, le visage légèrement penché qui me regardait sans me voir, avec une telle douceur que j'ai su qu'elle ferait partie de toute ma vie. Elle s'appelait Simonetta Vespucci, le modèle presque exclusif de Botticelli et d'autres grands peintres de la Renaissance, à partir de ce jour-là, j'ai tout su d'elle, j'ai marché sur ses pas dans Florence jusqu'à sa mort.

Chapitre XX

La nuit commençait à tomber et Maurice regardait toutes ces jolies femmes. Les bougies et les éclairages tamisés donnaient aux visages des femmes et des fleurs des tables voisines un éclat différent. Les sourcils étaient plus noirs, les bouches plus rouges, les peaux plus brunes, il se dit qu'il devenait de plus en plus un vieil obsédé sexuel, à moins que ce soit un amateur d'art ! Décidément sans les fleurs et les femmes, la vie serait chiante. Dino Felipe continuait son récit :

– Un jour le petit pinceau de mon père s'immobilisa comme son cœur en réparant les ailes d'un ange ; on l'a descendu du ciel du plafond et j'ai dû fermer ces yeux qui avaient caressé tant de chefs-d'œuvre… Pendant plusieurs années, je restais sans réaction, sans projets. Ma tante m'avait recueilli et dès l'âge de vingt ans, je suis entré dans une école d'art à Rome, comme votre école du Louvre. J'y fis une thèse sur la peinture de Botticelli et la courte vie de Simonetta Vespucci. Deux ans plus tard, je réussis à vendre mon travail à un producteur de courts-métrages. Le petit film fut primé à plusieurs festivals et je pus faire mon premier long-métrage avec Vittorio Gassman ; ce film-là aussi eut beaucoup de succès… J'étais producteur, et j'ai commencé à fumer des cigares et à grossir. Après avoir fait beaucoup de films à l'époque faste du cinéma italien et même quelques péplums commerciaux qui m'ont rapporté plus d'argent que de satisfaction professionnelle, j'ai fait une rencontre qui a complètement changé ma vie. Je m'étais marié trois fois, je n'avais jamais eu d'enfant. À Nice pendant une réunion de producteurs au Negresco, j'ai vu passer devant l'hôtel quelques très jeunes filles, vives, pétillantes et gaies, et au milieu d'elles, l'une me fit tressaillir. Je me mis à les suivre fiévreusement car je n'y croyais pas. Elle ne devait pas avoir plus de quatorze, quinze ans mais c'était le portrait craché de la petite image que mon père m'avait donnée : Simonetta Vespucci marchait devant moi sur la promenade des Anglais ! Peut-être un peu plus fine que le portrait, mais son visage, son corps, sa démarche me laissaient hébété et palpitant. Les jeunes filles passèrent un long moment sur les galets, à rire et à babiller, et je restais sur un banc au-dessus de la plage, à les regarder, incrédule. Elle était plus discrète et plus silencieuse que ses amies et elle les regardait avec la même tendresse, la même bienveillance que la Sans Pareille* regardait le monde, indifférente et douce... Il s'arrêtait, comme si cette évocation lui coupait le souffle, encore aujourd'hui. Je l'ai suivie une bonne partie de la matinée et j'ai vu entrer dans une petite boutique de Nice ce miracle de grâce. Je sus bientôt qu'elle avait perdu ses parents et était élevée par sa grand-mère. Je retournais souvent dans la petite confiserie et progressivement je pus entrer en confiance avec la petite et la vieille dame, et même les aider financièrement. Je revenais d'Italie les bras chargé de cadeaux, je la fis entrer

* La Sans Pareille, *la senza paragoni* : L'un des surnoms donné à Simonetta Vespucci par les Florentins.

au conservatoire de Nice, et quand la grand-mère mourut, je m'occupais de Simone, comme le père que j'étais devenu… Vous connaissez la suite, dès qu'elle apparut à l'écran, elle devint une star, je la protégeai du mieux que je pus des dangers de la célébrité dans ce métier, jusqu'au moment où elle tomba follement amourrreuse de ce Frred Morrange, avec l'exagération et l'aveuglement du premier amourrrr. Je ne vais pas vous refaire le scénario, la presse l'a assez exploité. Simone a voulu, bien sûr, une plus grande liberté et Morange s'est servi d'elle pour sa propre carrière… Au Festival de Cannes, en 1999, Morange avait tenu à l'accompagner et pendant quelques jours il s'afficha avec elle sans scrupules. Cette année-là, je ne pus m'y rendre car un tournage difficile me gardait à Rome. Un soir, je pus les voir à la télévision, interviewés pendant un grand dîner à la terrasse du Majestic ; lui en smoking et elle, les épaules nues en plein mistral. J'avais envie de lui téléphoner comme un père inquiet, pour lui dire de mettre un châle car je la savais fragile. À Cannes, à l'époque du Festival, une fois sur deux avec les saints de glace, il peut faire froid… Quand je la revis, elle a commencé à tousser comme une enfant malade, et cette petite toux a duré un an, jusqu'au 26 avril 2000, date où ma vie s'est arrêtée comme sa jeune vie... Deux ans plus tard sur le projet de la vie du peintre Manet, je me vis imposé par un producteur de la télévision française le premier rôle du film en la personne de Fred Morange. Je lui ai rendu visite le 26 avril 2002, chez lui à Neuilly... Il était là, dans sa robe de chambre façon kimono de chez Ralph Lauren, arrogant, jeune, bronzé, antipathique, vivant, alors que ma Simone était morte, elle, et enterrée dans les allées pavées du Père-Lachaise exactement deux ans avant... Il était assis devant une espèce de tableau moderne – oh ! Pourquoi dire moderne pour dire non-figuratif ? Est-ce que Goya n'est pas moderne ? Je pensais sans l'écouter réclamer des défraiements exagérés : – pourquoi parler de modernité s'il y a l'émotion et que la nature soit transfigurée, simplifiée, schématisée... c'est la traduction et la transcendance humaine qui est importante... celle des visages ou des ombres ou des lignes mais pas cette espèce de kaléidoscope imbécile et prétentieux qui était derrière l'acteur, débitant ses exigences comme dans un film muet. Le tableau devint pour moi un environnement infernal, une insulte à mon père, à la Renaissance, à Simonetta, à Simone et à l'Art. Morange avait prononcé plusieurs fois le nom de Simone et ça résonnait dans ma tête comme un blasphème. Il était là assis sur son divan devant le grand tableau qui faisait monter une sourde colère en moi. Sur la table basse en verre d'une facture imprécise comme tout l'ameublement, le seul objet qui pût avoir une valeur artistique était un coupe-papier, un poignard qui aurait pu être dans le décor d'un film sur les Borgia. Je fixai mon esprit sur cet objet, seul élément qui eût pu calmer ma soif d'harmonie et me redonner la paix . Mon cher Maurice je suis un homme calme mais tout ce calme que j'ai accumulé en moi a exaspéré la douleur de la perte des êtres que j'ai aimés, c'est un cas banal de psychanalyse…

– Soudain j'ai saisi le coupe-papier et je l'ai frappé de nombreuses fois, guidé par une colère ancienne ; d'un coup violent j'ai même tranché la gorge de l'acteur comme avec un sabre japonais… Je lui coupé son texte brutalement, si brutalement que sa tête est tombée en arrière à moitié tranchée… Le sang giclait comme dans les effets spéciaux des mauvais films… Hébété, j'ai fini de découper la tête qui était dans une position aussi ridicule qu'inconfortable pour lui et je la posai sur la petite table en verre, devant moi… J'étais calme… Avec l'oreiller du divan, j'ai barbouillé de sang le tableau, comme dans les transes d'un Salvatore Dalí… Ce tableau prit soudain une émotion, une dimension, et peut-être même une valeur artistique insoupçonnée…

Chapitre XXI

– Le reste de la nuit, je restais à dialoguer avec la tête de l'acteur et nous avons parlé tous deux de Simone et du vide qu'elle avait laissé dans nos vies. Le soleil s'est levé doucement sur ce grand tableau… Fred avait perdu son arrogance, il était devenu l'acteur plein de sobriété et de patience qu'il aurait dû être, et moi je suis resté là à vous attendre, Maurice, devant cette œuvre d'art, parce que c'en était une, peut-être la seule que j'ai faite sincèrement, avec mon petit court-métrage sur Simonetta Vespucci… La Renaissance ! Quel beau mot ! Est-ce qu'on va tous renaître, Maurice ? Est-ce que la mort n'existe pas, comme dans les films, puisque le cinéma fait renaître des acteurs soi-disant morts, Gassman, Mastroianni, Gabin, Ava Gardner, on les revoit sans arrêt... Le cinéma a réinventé la renaissance, mon père l'a restaurée et moi qu'est-ce que j'avais d'autre que de corriger un tableau qui n'avait aucune direction artistique ? Il n'y a aucune morale dans une œuvre d'art, là je dois vous l'avouer, je ne m'en suis pas vraiment soucié...

Maurice avait écouté cette histoire comme les contes qui le terrorisaient quand il était enfant : l'ogre qui avait quand même bouffé ses propres mômes, le loup qui voulait bouffer le petit Chaperon, c'était presque plus cruel et sanglant que cet acteur à qui on avait coupé la tête dans un accès de colère, sinon pardonnable, mais explicable... Le bourdonnement des conversations et les rires de la terrasse redevinrent distincts. Dino se leva et dit à Maurice comme un artiste fatigué après l'accomplissement de son chef-d'œuvre :

– Je vais me coucher. Demain matin j'attendrai les fonctionnaires que vous ne manquerez pas de m'envoyer ; vous m'êtes très sympathique Inspecteur, et comptez sur moi pour préciser à vos supérieurs que la vérité sur la mort de Fred Morange n'est dû qu'à votre sagacité.

La nuit n'hésitait plus à se laisser tomber, et il ne restait plus à l'horizon que le cliché d'un rougeoiement de cendres. Maurice avait bouclé l'histoire de ces quatre printemps. Qui donc s'était amusé à jeter les dés du hasard qui faisaient en roulant un bruit de ricanement ? Il regarda la table voisine où il y avait cette jolie femme triste du bar et ses deux croque-morts à cigare. Elle avait les épaules nues dans le mistral des saints de glace. Il eut une pensée pour Elena en se demandant si elle se couvrait les épaules… En d'autres temps, pendant les fêtes du printemps, pour être belles au bal ou à l'opéra, les femmes arboraient des décolletés pour séduire des connards bien au chaud dans leurs habits de soirée et ça finissait par des maladies chroniques, comme *La Dame aux camélias*… Il se leva et en passant devant la table voisine, il s'arrêta derrière la femme au pastis et à l'air triste, il retira sa veste de smoking et tendrement en couvrit le dos de la femme en lui murmurant :

– Vous la rendrez à la réception, ils savent où je l'ai louée… Ne restez pas comme ça, vous allez prendre froid.

Puis il sortit de la terrasse sans un regard pour les deux cons à cigare.

Dans sa chambre, il s'endormit malgré le bruit de la musique d'une boîte de nuit, juste en face, dont la basse sourde et régulière ne devait pas faire danser que des mélomanes.

En sortant du quai des Orfèvres, après de fades félicitations de ses supérieurs plutôt ahuris par cette histoire, il traversa la rue et descendit sur le quai en face. Les amoureux continuaient à se dévorer avec appétit, sans pudeur au bord du quai. Après tout c'était la seule chose à faire et c'était bon pour la réputation de Paris, que ce soit à Pigalle, au bord de la Seine ou au jardin du Luxembourg, l'Amour, c'est le seul truc cohérent de cette histoire, les touristes ne s'y trompent pas, ils y amènent leur femme pour redémarrer leur libido fléchissante en prenant pour exemple les pigeons de Notre-Dame, qui comme on le dit restent fidèles jusqu'à la mort. Maurice en regardant la Seine qui coulait immuable, belle et sale, eut soudain envie de se laisser glisser dans ce berceau liquide pour s'endormir… Il était fatigué… Il avait envie de tuer toutes les inquiétudes de l'Homo Sensibilis en lui, la peur de la solitude, de ne plus être aimé, et ce qui est plus grave, de ne plus aimer. On coupait « les sunlights », comme à Épinay, et tout disparaissait, plus d'allergie aux pollens du printemps, et surtout plus peur que tout ait une fin… À partir du moment où plus rien n'existe comme s'il n'y avait pas eu de commencement, il n'y a plus de fin… Il se dit qu'après tout, il fallait faire un pied de nez à la finitude, qu'il n'y a rien de plus banal que les amours qui finissent, qui n'essaient pas l'éternité comme Philémon et Baucis ? Et le Bon Dieu dans tout ça ? Pourquoi ne serait-il pas plus intéressant de faire d'une femme l'unique but, l'unique raison de vivre et de mourir, l'unique recherche, l'unique centre de gravité ? Après tout le Bon Dieu je n'en ai qu'une image barbouillée au plafond des églises, tandis qu'une femme, on peut l'aimer, la faire danser, lui offrir une glace le dimanche, alors que Dieu ??… Il murmura doucement ce mot russe que lui avait appris Elena : Я тебя люблю, et dans la brise qui venait de Notre-Dame et remontait la Seine avec le vent d'Est qui amène la pluie, il crut entendre une voix familière qui lui murmura : я тоже тебя люблю*, mais une odeur pestilentielle le réveilla soudain de son accès pathologique de romantisme, c'était le père Voltaire qui s'était approché et lui disait à l'oreille : Calme-toi, Werther !

* Je t'aime moi aussi

Merci aux femmes sans lesquelles
je ne serais pas né ni le roman non plus :
Maman
Ma femme Adeline Adelina
et Véro qui a tapé le manuscrit.

Achevé d'imprimer
sur les presses de l'imprimerie Pulsio
en avril 2014